Cambouis

Loan Hill

Cambouis

Editions du face à face

À Elisabeth

Prologue

Le docteur Messart s'est levé de son fauteuil et, lentement, en a fait le tour, la main posée sur le dossier, le bras presque tendu lui servant d'axe. Je l'observe du coin de l'œil. Ce type a du être incarné en compas dans une vie antérieure. Il lâche le dossier pour fourrer ses mains dans les poches de sa blouse blanche, dans une posture caricaturale. La perplexité feinte qu'il arbore s'inscrit dans la même veine. Il reste silencieux un moment, ostensiblement perdu dans de supposées cogitations et fait quelques pas vers la fenêtre. Ses yeux semblent se perdre quelques instants dans le paysage puis il fait volte face dans une précipitation exagérée, lorgnant malgré lui le cadran de la grosse horloge fixée au mur derrière mon dos.

- Bien, dit-il enfin.

Le docteur Messart commence presque toutes ses phrases par ce « bien » définitif qui parait à lui seul exprimer une synthèse complète de sa réflexion. Une synthèse si parfaite que parfois ses phrases ne contiennent que ce mot. Le dépouillement extrême que reflète son mode d'expression est parfaitement en accord avec son lieu de travail. Pas de fioritures. Un bureau en bois, un fauteuil en cuir, un canapé en tissu. La moquette bon marché rivalise de tristesse avec les murs peints en beige. Et sur le mur en face de moi trône un diplôme de psychiatre dont le cadre doré semble être la seule fantaisie de ce décor. Si Messart n'était pas médecin, il serait sans doute neurasthénique. Encore que l'un n'empêche pas l'autre…

- Je crois, reprend-il, que vous m'avez fait là un récit assez détaillé de l'enchaînement des faits.

Les psychiatres ne sont pas des hommes comme les autres. Ils ne parlent pas le même langage que vous et moi.

Leurs mots sont aseptisés, désincarnés. Vous pensez avoir fait un récit exhaustif, souligné vos moindres vibrations émotionnelles, décrit avec précision vos états d'âme, souligné avec exactitude vos motivations ? Eux ne voient que les faits et leurs enchaînements. C'est assez décourageant. Finalement, ils n'ont rien à envier aux commissaires aux comptes des grandes entreprises : ce sont des gestionnaires ; des gestionnaires de l'âme, mais des gestionnaires tout de même. Et la grande entreprise, en l'occurrence, c'est vous. Ils caractérisent vos propos, les classent dans la bonne colonne, les additionnent ou les soustraient, comparent les totaux. Ils ont leur plan comptable à eux. Chaque phrase va dans un compte, chaque compte est disséqué et s'inscrit dans le grand bilan de votre personnalité tourmentée. Car cet audit psychologique trouve sa légitimité dans le déséquilibre normatif qu'ils ont identifié.

Je ne sais pas si je dois enchaîner. Cette phrase est-elle une ouverture ? Attend-il de moi une réaction ou veut-il me signifier que la séance est terminée ? Ou, tout bonnement, est-il perplexe face à mon récit et cherche-t-il à gagner du temps ?

Je décide de ne pas réagir. Je ne me sens redevable d'aucune obligation envers lui. Je ne suis là que par la force des choses. S'il veut me débusquer, il faudra qu'il bataille. L'expert, en fin de compte, c'est lui.

Nous restons un instant dans un face à face muet et embarrassant. Je plonge mon regard dans le sien, cherchant dans une fronde puérile à le forcer à baisser les yeux. Il esquive le combat en s'asseyant à son bureau et saisit son stylo pour prendre quelques hypothétiques notes. Le caractère stratégique de ce faux-fuyant ne m'échappe pas et je souris intérieurement.

Tandis qu'il s'affaire à son bureau, je frotte mes poignets douloureux. Je ressens la meurtrissure des menottes qui les ont entravés et dont l'évocation récente en a étrangement ravivé la mémoire. Je m'étonne du pouvoir d'intrusion dans la réalité que donne l'émotion au souvenir. Je comprends soudain parfaitement les souffrances ressenties dans leurs membres-fantômes par certains amputés.

Messart n'en finit pas de griffonner. Cette attitude tend à l'impolitesse pure et simple. Sous le motif de consigner scientifiquement ma narration, il me néglige. J'ai de croire que je suis dépossédé de ma propre histoire, que lui seul peut en déchiffrer les affres. La durée abusive de cet abandon me fait paradoxalement appréhender son comportement comme une immixtion discourtoise dans mon intimité. L'idée de l'imaginer triturant les artifices des déjections de mon esprit prétendument déviant m'indispose.

Et si c'était une ruse ? S'il affectait un détachement ostentatoire pour me forcer à sortir de ma tanière. Cette posture n'est peut-être qu'une manipulation. Le fourbe.

Un sourire entendu se dessine sur ma bouche. Messart-le-rusé, tu es démasqué ! Noircis autant de pages que tu veux, je ne bougerai pas un cil. Compile, analyse, dissèque autant que tu voudras, je ne desserrerai pas les lèvres. Le silence ne m'effraie pas. Tu devras revenir à la charge et abandonner ton pitoyable stratagème.

Je l'observe d'un œil compatissant et navré. Il gratte, gratte et gratte encore. De temps à autre, il lève les yeux, orientant sa tête sur le côté, cherchant visiblement à éviter mon regard. Pauvre Messart. J'ai peine à croire que tu puisses un jour démêler l'effroyable sac de nœuds que mon histoire vient de jeter sur ton bureau.

A bien y réfléchir, j'ai du mal, moi aussi, à faire le tri. Je lui ai tout balancé, d'un seul trait, avec une précision qui m'a moi-même abasourdi. Tout était là : la scrupuleuse chronologie des faits qu'il n'a pas manqué de souligner, les ambiances, les situations, les états d'âme. Une vomissure exhaustive dans laquelle il patauge maintenant. J'en ai ressenti, il faut l'avouer, un grand soulagement. Je me suis vidé, dans une prolixité dysentérique.

Je ne sais pas si cette purge a laissé des traces, s'il ne subsiste rien ou quelques fragments épars dans les méandres de mon esprit. Les mots ont-ils emporté les souvenirs dans leur flot ?

Et si, pendant que Messart fait le mort, j'essayais de me souvenir…

PREMIERE PARTIE

1

Depuis presque une demi-heure, Michaud nous assène l'affligeante introduction à son discours de stratégie commerciale. Elle s'apparente à une sorte de bouillie pseudo intellectualiste, dont les fondements semblent plus reposer sur la haute opinion que Michaud a de lui-même que sur les données chiffrées qu'il balance pour tenter de crédibiliser ses élucubrations. Pourtant, Michaud n'est pas à proprement parler ce qu'on peut appeler un imbécile ; simplement un pauvre type, imbu de lui-même. Le presque imperceptible rictus de satisfaction qui s'affiche sur ses lèvres lorsqu'il s'écoute déblatérer ses propres âneries a quelque chose de pathétique.

Il s'est lancé dans un exposé sur le marché de la robinetterie, arguant qu'il présente l'indéniable avantage d'être un marché de renouvellement. Et c'est à nous de savoir conserver notre place dans cet espace et de la renforcer. Franchement, je ne regrette pas de m'être levé à six heures du matin, encore nauséeux de ma soirée de la veille, pour entendre cette analyse dont la puissance allait certainement nous faire à tous un deuxième trou du cul.

- C'est pourquoi, ajoute-t-il, j'ai concocté, en accord avec la direction générale de ROBILUX, le plan de bataille que je vais vous présenter maintenant.

Nous y voilà. Une des spécialités de Michaud est de truffer ses présentations de vocabulaire guerrier. Je me souviens en avoir, un jour, débattu avec lui, dans son bureau. Vraiment, j'aurais mieux fait de m'abstenir parce qu'il m'a abruti pendant une heure d'un discours surréaliste, m'expliquant que la concurrence commerciale était LA croisade moderne. Assis dans son extravagant fauteuil en cuir, derrière un large bureau en imitation acajou sur lequel l'absence totale de désordre aurait fait la fortune d'un psychanalyste, il m'avait noyé sous un flot verbal qui aurait laissé n'importe quel contradicteur sans voix.

- Voyez-vous, Paul, m'avait-il expliqué, il ne s'agit plus de porter la bonne parole par-delà nos frontières pour convertir les infidèles. Le monde a changé, les Evangiles n'intéressent plus personne. Non, ce qu'ils veulent tous, maintenant, c'est le confort. Et peut-il y avoir du confort sans une bonne robinetterie ? Certainement pas ! C'est pourquoi nous devons porter le message de ROBILUX jusqu'aux confins du territoire et convertir les hérétiques. Mais ne vous y trompez pas, Paul, nous ne sommes pas seuls dans cette croisade, nos ennemis nous talonnent, nous devons les détruire. Nous devons occire tous ceux qui se dresseront sur notre chemin. Soyez-en sûr, c'est d'une guerre dont il s'agit, une guerre moderne, mais une guerre quand même ; et, croyez-moi, vous devez être prêt à vous battre bec et ongles ou vous resterez au tapis.

J'étais ressorti de son bureau complètement hébété. Soit Michaud était un génie qui jouait à l'imbécile, soit il était complètement vrillé. Quoiqu'il en soit, je m'étais juré de ne plus jamais mettre les pieds dans son antre, à moins d'y être convoqué.

Il s'est approché de la table pour saisir la télécommande du vidéo projecteur. Je balaie rapidement la salle des yeux, cherchant parmi mes congénères un regard compatissant qui me conforterait dans l'idée que je ne suis pas le seul à m'ennuyer comme un rat mort. Mais ils ont tous l'air impatients de découvrir le génial plan du non moins génial Michaud. Même Guignard, le DG, semble afficher le même engouement à l'idée de découvrir les trésors que la matière grise de cet individu recèle. Bien sûr, il en connaît les grandes lignes et Michaud n'a pas manqué de marquer une légère pause, qui n'a échappée à personne, lorsqu'il a précisé que sa stratégie avait reçu l'aval de la Direction. Mais il faut bien reconnaître que Guignard succombe au charme des grandes envolées lyriques de son Directeur Commercial.

- Notre principale menace, commence Michaud, adoptant un ton emprunt de la gravité qui conviendrait à un général s'apprêtant à lancer ses troupes dans une bataille qu'il voudrait décisive, c'est MITIPLUS. Cette jeune entreprise grignote chaque année des parts de marché. Oh, bien sûr, elle n'a fait que reprendre nos brevets tombés dans le domaine public, mais elle a délocalisé sa production en Europe de l'Est et nous attaque sur les prix. Nous ne pouvons nous aligner de façon durable sur sa politique tarifaire, ou alors, nous ne pourrions plus vous payer, messieurs…

Un classique. Il oublie notoirement tout le fric qu'on fait rentrer dans cette boîte à la sueur de nos fronts, en en bavant parfois des ronds de chapeaux.

- Bien sûr, cette option n'est pas envisageable, ajouta-t-il avec un sourire compatissant.

Sa moue contamine les commerciaux autour de la table.

- Mais nous pouvons planifier un raid qui ne manquera pas d'asphyxier financièrement MITIPLUS. Nous allons organiser une promotion éclair afin de saturer les rayons de nos revendeurs. MITIPLUS va voir ses commandes chuter brutalement et nous élargirons du même coup nos linéaires chez nos clients. Il faudra des mois à notre concurrent, compte tenu de l'effet de surprise, pour reprendre sa place. Je pense que nous pouvons le tuer sur cette opération.

« Raid », « Tuer », pas de doute : Michaud fait la guerre. J'imagine qu'il croit vraiment à sa connerie de croisade moderne. Guignard affiche un sourire béat de satisfaction ; une vache en pamoison devant le dernier TGV… Il y a des moments, je comprends ce pauvre Patrick Mc Goham, dans Le Prisonnier : je ne sais pas ce que je fais là, je ne suis qu'un numéro, je voudrais m'évader mais je ne trouve pas d'issue. Si j'avais su, quand j'étais petit garçon, qu'un jour je vendrais de la robinetterie et que je serais obligé de me farcir les inepties de Michaud, je crois que je me serais flingué tout de suite.

- Paul ?

Michaud s'est adressé à moi, son inexorable grimace sur les lèvres. Je lui adresse un regard interrogateur.

- Paul, vous êtes un de nos meilleurs vendeurs. Que pensez-vous de cette idée de raid éclair ?

Le caractère excessif de la flatterie ne m'échappe pas. Je suis un vendeur moyen et Michaud le sait mieux que tout le monde, c'est lui qui me verse mes primes. Il vient de me prendre en flagrant délit de rêvasserie et il veut me mettre sur la sellette. Tous les regards se sont vissés sur moi, comme s'ils réalisaient tout à coup que j'étais à poil. Je reconnais bien là la fourberie de Michaud ! Il n'est pas seulement fou, il est vicieux, aussi. Mais je ne suis pas d'humeur à filer la queue entre les jambes.

- Je suppose que vous en avez pesé toutes les conséquences, répliqué-je.

Je ne sais pas vraiment pourquoi j'ai dit ça, ça m'est venu sans réfléchir. Un subterfuge. J'espère qu'il va laisser tomber, il n'a aucun intérêt à jouter au milieu de son exposé.

- Il me semble, Paul. Mais peut-être voulez-vous attirer notre attention sur un point qui nous aurait échappé, à Mr Guignard et moi-même ?

J'ai l'impression de recevoir un coup de poing dans le ventre ; j'aurais dû me souvenir qu'il était imprévisible. Mettre le DG en première ligne, il faut le reconnaître, est stratégiquement fin. La tactique du bouclier humain, si elle est vieille comme le monde, garde une efficacité incontestable. Guignard me fixe d'ailleurs du regard, vaguement inquiet. Il se demande s'il ne risque pas de prendre une bombe à fragmentation sur le coin de la figure et on dirait qu'il vient tout à coup de se rappeler que Michaud est un illuminé et qu'il a peut-être approuvé son plan un peu vite. Ils sont tous suspendus à mes lèvres, comme si j'allais leur donner les résultats du Loto de demain. Michaud continue d'afficher cet air supérieur qui m'exaspère tant. Il se sent intouchable et il est persuadé que je vais m'écraser. Cette idée me répugne. Je l'imagine savourer intérieurement sa petite victoire et ça me donne envie de gerber. Je suis sûr que ce salopard fait la même chose avec ses gosses. Michaud prend un pied évident à écraser tout ce qui un tant soit peu lui résiste. Lorsqu'il est en forme et de bonne humeur, on en est quitte pour un de ses discours surréalistes, mais si vous avez le malheur de tomber sur un jour où il est mal luné, gare aux coups bas. Cette pauvre Madame Michaud ne doit pas être à la fête tous les jours. Je la plaignais déjà d'avoir dû accoler à son prénom ce nom de famille ridicule, humiliation à laquelle même la plus belle fille du monde ne survivrait pas : « Bonjour (voix sensuelle et hyper féminine, façon James Bond girl), je m'appelle Valeska, Valeska Michaud ». Un désastre.

Bref, il me fixe, accentuant son regard, pour m'imposer une pression supplémentaire. Il veut faire voler en éclat l'hypothétique once de rébellion qui pourrait me rester. Mes yeux fuient et je l'aperçois, avec ma vision périphérique, dodeliner de la tête, sûr de sa victoire. Je tente un retour vers son visage mais je tombe sur sa manche de costume, légèrement relevée. Une toison brune recouvre son avant bras et une partie de sa main. Cette vision m'emplit d'effroi. Les membres velus m'ont toujours glacé les sangs. Je me sens mal et mes jambes se dérobent sous moi et je ne dois ma sauvegarde qu'à ma position assise. Le silence est maintenant total autour de la table et il me semble qu'il dure depuis une éternité. L'heure de la mise à mort est arrivée, Michaud va me découper les oreilles et la queue. Une nausée irrépressible monte en moi, avec ses relents de whisky et de rhum, témoins de ma débauche de la veille. Je ferme les yeux. Une vague se forme dans mon estomac, prend de l'ampleur, atteint son apogée et éclate dans un magnifique jet de vomi de près de deux mètres qui va s'écraser en flaque gluante et puante sur les notes de Michaud.

Stupeur. Je rouvre les yeux. Je lève doucement mon regard vers Michaud qui est pétrifié. Son costume est constellé de tâches orangeâtres. Quelques gouttes ont même atteint les verres de ses lunettes. Il semble littéralement statufié. Le DG a les yeux exorbités et rivés sur Michaud qui n'ose plus bouger le petit doigt, de peur d'aggraver la pollution gastrique qui vient de s'échouer sur sa veste. Les commerciaux, eux, ont le regard braqué sur moi ; dans les coups durs, la solidarité se lit dans les pupilles et les classes sociales se resserrent. Je les passe en revue, un par un : moue de dégoût, incrédulité, inquiétude. Seules les lèvres de Philippe dessinent un petit sourire d'approbation que je lui rends discrètement puis je me lève dans un « excusez-moi » d'outre-tombe un brin trafiqué pour asseoir le tragique de la situation et je fiche le camp aux toilettes.

*

Je me suis appuyé contre la vasque blanche, mes jambes sont en coton et ont du mal à me porter. Dans un effort quasi surhumain, je me rince la bouche et je regarde les petits copeaux du chili mal digéré d'hier soir disparaître dans le tourbillon de la bonde. Je me jette deux pleines mains d'eau sur le visage et stoppe d'un doigt le débit grâce au sensationnel mitigeur ROBILUX R-542C, version chromée, livré avec bonde de fond, flexibles de raccordement et accessoires. J'examine mon reflet dans la glace. J'ai des valises sous les yeux, je suis blanc comme un linge. Si je mettais ma tête dans le lavabo en porcelaine, on me prendrait pour un homme-tronc. Un filet de bave jaunâtre s'est accroché à ma commissure gauche. Je l'essuie d'un revers de main lorsqu'un spasme intestinal transforme mon ventre en bloc de pierre. J'ai juste le temps d'arracher mon pantalon et de me laisser tomber sur la cuvette pour entamer la deuxième partie de mon spectacle qui démarre dans une explosion intestino-vulcanienne. Une insupportable odeur d'hydrogène sulfureux envahit instantanément la pièce, ne laissant aucun doute sur la nature de mes activités du moment. J'ai les fesses trempées par les éclaboussures dont je n'ose imaginer la composition. Un deuxième spasme monte en puissance lorsqu'un grincement caractéristique m'informe que quelqu'un vient d'entrer dans les toilettes. Je prie intérieurement pour que l'atmosphère nauséabonde intime l'ordre au visiteur de faire demi-tour. J'entends la porte se refermer et je pense avoir été exaucé mais le bruit de l'eau dans le lavabo me confirme le contraire. La douleur s'amplifie dans mes intestins, je ne vais pas pouvoir la contenir très longtemps. L'eau coule toujours et je suis au bord de l'explosion. Plié en deux sur la lunette, je lutte de toutes mes forces pour m'épargner l'humiliation que ne manquerait pas de provoquer l'expression de mes fonctions naturelles perturbées. Peu à peu, mes muscles abdominaux perdent du terrain. Maintenant, mon honneur n'est sauf que grâce à l'extraordinaire pugnacité de mon sphincter qui commence, en dépit d'une bravoure que je ne lui connaissais pas, à donner des signes de faiblesse. Mais l'eau n'en finit pas de couler, juste derrière la porte. Je commence à paniquer : et si c'était Sophie ? Je suis fou de cette fille et je crois que je ne lui suis pas indifférent. J'ai passé un quart d'heure à discuter avec elle au standard, en arrivant. Elle a un sourire incroyable. J'élabore des plans, au cas où l'inévitable se produirait trop tôt, pour sortir de cet endroit sans me faire repérer. Ces pensées me distraient et je relâche mon attention. Mon muscle anal se sent abandonné et renonce, sans prévenir, au combat. L'onde de choc est terrible et un fracas envahit la pièce. Les cloisons des vécés créent une caisse de résonance qui l'amplifie. L'eau s'arrête de couler.

- C'est vous, Paul ?

Michaud. Comment n'y ai-je pas pensé. Il doit être en train d'essayer de nettoyer ses vêtements. Qu'est-ce que je fais ? Si je la ferme, il est capable de faire le pied de grue devant la porte pour me coincer. Il ne manquait vraiment plus que ça.

- Paul, si c'est vous, je vous attends dans mon bureau dans dix minutes. Et pensez à prendre un sac vomitoire...

Grincement. Il est sorti. J'apprécie la drôlerie du coup du sac vomitoire, mais s'il ne me laisse que dix minutes, c'est plutôt de couches dont je vais avoir besoin. Je pousse de toutes mes forces, pour en finir au plus vite. Nature rebelle : plus rien. Je sens pourtant qu'il y a matière à poursuivre l'exercice, mais Michaud m'a coupé tous mes effets. Je pense que je vais devoir y passer dans son bureau : qu'est-ce qu'on peut raconter à un type qu'on vient de repeindre au chili prédigéré et d'asphyxier au gaz bactériologiques ? « Excusez-moi, Mr Michaud, mais votre tronche me fait vomir ». Non, vraiment, je ne vois pas ce que je vais lui dire. Je regarde ma montre : 9H45. Il a dû anticiper la pause de la réunion. Les autres doivent disserter sur mes exploits à la machine à café et ne doivent pas donner cher de ma peau. Michaud va me virer, c'est sûr. D'un autre côté, devant un tribunal prud'homal, un licenciement pour dépôt de gerbe inopiné sur son patron, ça risque d'être marrant. Des suées froides m'envahissent. Je sens les gouttes de transpiration ruisseler sous mes aisselles. Une odeur animale imprécise monte à mes narines. Je tente une dernière poussée : c'est un échec patent. Je regarde de nouveau ma montre : 9H52. Il faut que j'y aille, Michaud m'attend et il vaut mieux ne pas le faire poireauter. Je cherche le papier toilette. Il ne reste plus qu'une feuille collée sur le rouleau en carton. Je la décolle précautionneusement pour ne pas la déchirer. Je note mentalement de penser à trouver la femme de ménage pour la crucifier sur la porte de la cabine. Je fais au mieux avec cette maigre munition et je remonte mon caleçon. Il colle sur mon postérieur humide. La position verticale remet en route mon métabolisme. Pas le temps. Je sors de la cabine et me retrouve en face de mon reflet dans la glace. Des auréoles humides se sont dessinées sur ma chemise blanche. Autour des tâches foncées qu'elles ont formées, un petit liseré blanc de sel les délimite. Des gouttes de sueur perlent sur mon visage, principalement sur le front. J'ai mal au bide et je me sens d'une faiblesse extrême. J'envisage de m'évanouir, pour échapper à Michaud, mais je ne sais pas comment m'y prendre. Alors, d'un geste résigné je tire la porte des toilettes qui s'ouvre dans un nouveau grincement. Je ne la referme pas, le Groom s'en charge.

*

Pour me rendre dans le bureau de Michaud, je dois traverser le bâtiment dans toute sa longueur. Je passe près de la machine à café ; les conversations s'arrêtent presque instantanément et les regards se braquent sur moi puis m'évitent. Philippe m'adresse un clin d'œil. Je prends à droite et j'avance dans le long couloir principal. Une fille du marketing me débouche sous le nez. Elle me jauge en une fraction de seconde et continue sa route, l'air visiblement dégoûté. Je passe devant le bureau de Guignard dont la porte est ouverte. Il est au téléphone. Il lève les yeux vers moi. Son regard est vide, comme si j'étais transparent. Tant mieux. Je continue et, soudain, mon sang déjà très en dessous des 37°C réglementaires, se glace. Je réalise que je vais devoir passer devant le standard. Sophie. Si elle me voit aussi pitoyable, c'en est fini de notre platonique idylle. Trop tard, elle m'aperçoit et me fait un signe de la main. Je m'approche du desk et lui offre un sourire contrit. Je comprends à son changement d'expression qu'elle prend brusquement conscience de mon état de délabrement avancé.

- Ca ne va pas, Paul ?

- J'ai connu des jours meilleurs, fanfaronné-je.

- Je peux faire quelque chose pour vous ?

- Vous pourriez plaquer immédiatement votre job, vous enfuir avec moi à l'autre bout du monde.

Elle baisse les yeux dans un sourire gêné et ses joues s'empourprent légèrement. Cette fille est vraiment à croquer.

- Enfin, pensez-y. Pour l'instant, j'ai rendez-vous chez Michaud et quelque chose me dit que ça ne va pas être le même voyage…

- J'y penserai, Paul. Bon courage avec Michaud.

- Merci.

J'avance et arrive devant le bureau du DIRCOM. Sa porte est fermée alors que, d'ordinaire, elle est toujours ouverte. Je reconnais bien là mon Michaud. Il me fait le coup du territoire, pour me mettre la pression. Je frappe à la porte.

- Entrez !

Je pousse la porte. Michaud est torse nu. Il enfile une chemise propre, il a déjà changé de pantalon. Je reste stupéfait de découvrir que ce fou furieux a une panoplie de rechange dans son bureau.

Michaud est couvert de poils. Ses avant-bras n'étaient qu'une plaisanterie comparés à la toison qui lui couvre le corps. Il en a même sur les épaules et je suis prêt à parier qu'ils ont envahi son dos. Dommage, parce qu'à part ça, il est plutôt bien bâti. J'ai toujours pensé qu'il était grassouillet, mais il n'en est rien. Je le soupçonne de m'avoir attendu pour mettre sa chemise, histoire de m'impressionner un peu plus. Ce type ne recule vraiment devant rien, c'est un manuel ambulant d'action psychologique. Il aurait pu être flic. Le méchant des deux, bien sûr.

- Asseyez-vous, Paul.

Je m'exécute. Je me retrouve en position d'infériorité. Il finit d'ajuster ses fringues, debout devant moi, de l'autre côté du bureau. Il est impeccable. Moi, je ressemble à un SDF. Il fait durer le plaisir.

- Bien, vous pouvez m'expliquer, dit-il en continuant à s'habiller, sans même me regarder.

- Je ne sais pas quoi vous dire, Mr Michaud, bredouillé-je. Je crois que je couve quelque chose.

- Merci pour la pertinence de cette analyse, Paul, mais je crois que je m'en suis rendu compte. Je voulais parler de votre intervention sur le projet de « raid éclair ».

Je sens qu'il va falloir que je sois malin si je ne veux pas que Michaud m'écorche vif et j'ai intérêt à y aller sur des œufs. En même temps, si je n'ai pas une excellente raison d'avoir fait cette remarque débile, ça sera pire.

- Monsieur Michaud, dis-je, vous nous avez toujours expliqué, à juste titre, que si pour vendre, il suffisait d'avoir les prix les plus bas du marché, vous pourriez parfaitement vous passer d'une équipe commerciale. Je souscris à cette analyse. Nous savons, vous comme moi, qu'une politique de prix plancher conduirait inévitablement à la faillite de l'entreprise.

Je n'en reviens pas d'avoir réussi à déblatérer toutes ces fadaises sans même y avoir réfléchi avant ; Michaud a dû me contaminer.

- C'est pour ça que j'ai évoqué un raid *éclair*. Vous savez ce qu'est un éclair, Paul, je suppose ?

Il est toujours désagréable d'être pris pour un crétin, même si l'ironie de cette réflexion m'apparaît clairement.

- Bien évidemment. Mais comment expliquerons-nous à nos clients que nous pouvons vendre nos produits 40% moins cher que d'habitude, même sur une courte période ? Vous les connaissez, ils penseront que nos marges sont énormes pour nous permettre ce niveau de promotion. Ils n'auront de cesse de nous réclamer des remises exorbitantes par la suite.

J'examine un bref instant tous les aspects de cette prodigieuse sortie dont je ne parviens pas réellement à appréhender l'origine et ne vois pas bien ce qu'il va trouver à redire à ça.

- C'est pour ça que je vous paye, vous et vos petits camarades, pour résister à ces pressions. Si c'était facile, vous ne seriez pas aussi grassement rémunérés.

Je m'interroge sur la façon dont Michaud s'acquitte de son job : a-t-il, ne serait-ce qu'une seule fois, jeté un coup d'œil à nos fiches de paie ? Nos conceptions du « gras » sont notoirement divergentes. Mais il faut se rendre à l'évidence, il ne lâchera pas prise et mieux vaut baisser la garde.

- C'est vous le patron. Vous devez avoir raison.

- Heureux de vous l'entendre dire. Alors, à l'avenir, épargnez-nous vos commentaires oiseux, voulez-vous ?

- Bien, monsieur.

Je me lève pour sortir. Je suis déprimé. Je ne sais toujours pas comment les arguments que j'ai développés sont nés dans mon cerveau réfractaire à toute forme de raisonnement commercial, mais j'ai incontestablement assuré. Je dois quand même baisser mon pantalon devant ce type dont la vision stratégique est assurément proche de la taupe. Quelqu'un va-t-il enfin se rendre compte de cette imposture ? Je suis prêt à abandonner un mois de salaire pour qu'on nous débarrasse de cette plaie prétentieuse. J'abaisse la poignée de la porte, complètement dépité.

- Ah, autre chose, Paul. Nous allons reprendre cette petite conversation en réunion et je compte sur vous pour appuyer mon projet. Et, dans votre intérêt, ne me vomissez plus jamais dessus.

Je sors et ferme la porte derrière moi, sans lui répondre. S'il veut m'humilier devant tout le monde, je ne peux vraiment pas m'y soustraire, à moins d'envisager sérieusement d'aller pointer à l'ANPE. Je repasse devant Sophie, l'air abattu. Je ne lui laisse pas le temps de m'interroger.

- Vous avez réfléchi à ma proposition ? lui dis-je.

- Je crois qu'il me faut un peu plus de temps pour y penser, répond-elle en rougissant.

- Devant un bon dîner aux chandelles, ce soir, en tête à tête, ça vous aiderait ?

- On peut essayer.

- Vous passez me prendre à mon hôtel, à 20 heures, je n'ai pas de voiture ?

- Ok, à ce soir.

- A ce soir, Sophie.

Des situations désespérées, il peut toujours ressortir quelque chose de bon. Je n'aurais jamais eu le cran d'inviter cette fille à dîner dans un contexte normal. Faut-il que je sois au sous-sol de la Pyramide de Maslow pour me découvrir une audace dont je me croyais incapable ?

Je remonte le couloir vers la salle de réunion. Guignard a fermé sa porte. Je pense qu'il veut s'épargner une deuxième rencontre du troisième type. Cet homme est le degré zéro de la relation humaine : il lui est impossible d'avoir une vraie émotion, sauf devant d'excellent chiffres mensuels, bien sûr.

Comment se fait-il que je me sente autant étranger à ce monde ? Tous ces types qui semblent tellement concernés par les responsabilités qu'ils occupent tandis que moi, j'ai vraiment l'impression de ne pas être à ma place. Je joue mon rôle, avec une certaine efficacité, mais sans y croire vraiment. Je n'arrive pas à me convaincre que mon destin consiste à fourguer de la robinetterie à des magasins de quartier. Et pourtant, il m'arrive de temps en temps de m'enflammer pour les réussites que je connais parfois. Mon cerveau parait alors être capable de faire totalement abstraction du caractère parfaitement dérisoire de ma petite mission au sein de ROBILUX.

Je passe devant la machine à café, la place est déserte et je poursuis mon chemin jusqu'à la salle de réunion. J'en pousse la porte qui s'ouvre dans un grincement qui semble être l'apanage de toutes les ouvertures de ce bâtiment. L'équipe commerciale est déjà installée autour de la table. Les conversations s'arrêtent à nouveau et je m'émerveille intérieurement de l'effet que produit instantanément ma simple présence. Il y a encore vingt minutes, je passais quasiment inaperçu – on aurait à peine levé les yeux vers moi à mon entrée – et maintenant je suis apparemment investi d'un nouveau pouvoir qui appelle le respect. Les regards me croisent et je sens les questions qui s'échouent sur le bord des lèvres, sans oser s'élancer. Michaud fait son entrée, du pas déterminé du chef que les péripéties n'entament pas. Guignard est à sa suite. Les yeux se baissent, comme s'il fallait faire disparaître toute trace d'admiration pour mes exploits. Je ne vais pas tarder à tomber de mon piédestal. L'aliénation est proche et je ne serais bientôt, aux yeux de tous, qu'un sous-être incapable d'avoir la maîtrise de ses fonctions primaires.

Michaud me jette un regard acide qui me liquéfie le cerveau. Il veut être certain que j'ai parfaitement compris le message : pas de blague, ce coup-ci, où tu passes à la casserole !

- Bien, commence-t-il, puisque Paul a terminé sa digestion, maintenant, nous allons pouvoir reprendre.

Rires étouffés dans l'assistance.

- Nous en étions à notre projet de raid-éclair. J'ai pu rassurer Paul sur les doutes qu'il semblait avoir sur le sujet. Il n'y avait vraiment pas de quoi se rendre *malade* pour si peu...

Rires francs, cette fois.

La tête enfoncée dans les épaules, j'écoute Michaud développer son plan d'attaque. Il est d'une banalité navrante : remises phénoménales, préconisations de commandes, temps de réflexion pour le client réduit à vingt quatre heures, délais de paiement à faire pâlir de jalousie les administrations les plus lymphatiques. Vraiment pas besoin d'être un génie pour pondre ça. Quand je pense que ce type doit émarger à plus de cent mille euros par an. Mais pour l'heure, je fais profil bas car Michaud à l'indéniable avantage sur moi d'être mon patron et de bénéficier d'une excellente presse auprès de la direction. Donc, il a forcément raison et, de toutes façons, son plan a un atout majeur : je vais avoir un mois de mai vraiment tranquille. Mes clients seraient complètement idiots de ne pas profiter de l'aubaine. Avec un bon fax et deux jours de phoning ciblé, je devrais boucler mon objectif mensuel sans trop me fouler. Je remercie intérieurement Michaud pour les quinze jours de vacances aux frais de la princesse qu'il vient de m'offrir et lui promets de boire une bière à sa santé, sur le port de Cassis, avant d'aller à la plage.

La suite de la réunion se déroule selon un schéma très prévisible : distribution des listings ciblés, des documents promotionnels, des conditions commerciales liées à l'opération et des objectifs mensuels. Puis c'est la pénible présentation de l'articulation de la promo, pas à pas. Michaud jubile. Il a tout prévu, décelé les écueils et répond aux questions avant même qu'elles ne soient posées. Son enthousiasme est incontestablement contagieux. En face de moi, Philippe cherche mon regard. Il m'adresse un discret sourire entendu ; je devine qu'il doit, lui aussi, préparer ses vacances. Michaud s'enflamme de plus en plus. Il frétille, sautille, se gargarise. Il est, visiblement, très content de lui. J'entraîne les yeux de Philippe vers Guignard. Le DG paraît subjugué. Il faut dire qu'on ne l'a jamais vu chez un client. Je ne sais même pas s'il sait à quoi ça ressemble. Son directeur commercial doit lui apparaître comme un demi-dieu et il boit ses paroles. Michaud cherche régulièrement son assentiment dans son regard. Philippe lève les yeux au ciel. Le caractère pathétique de la situation ne lui échappe pas. J'attends que Michaud se retourne vers le paperboard et j'en profite pour regarder ma montre : 12H15. La fin du calvaire approche. La faim me tenaille. Mon corps n'a, finalement, pas beaucoup profité de mon repas d'hier ; en tout cas, moins que le costume de Michaud...

- Bien, annonce-t-il enfin, il est temps d'aller déjeuner. La réunion reprend à 14 heures précises. Nous passerons l'après-midi à répéter les sketches de vente et je compte sur la qualité de vos prestations dans cet exercice.

L'apparent enthousiasme retombe comme un soufflet. D'avoir à produire en public, qui plus est devant son chef, un simulacre de vente qui n'a, par définition, rien de commun avec sa pratique habituelle est un exercice détestable dont la portée pédagogique me semble discutable. Et pourtant, les chefs en semblent particulièrement gourmands. Est-ce le plaisir, un brin sadique, de voir leurs subordonnés s'empêtrer dans un discours mal maîtrisé ? Est-ce une volonté affichée de mettre en évidence les lacunes supposées des vendeurs, afin de conforter le fossé hiérarchique ? Je ne sais pas, mais je ne peux pas reprocher à Michaud de ne pas se plier au jeu, il est bien trop malin pour prêter le flan à cette critique. Il donne intelligemment l'exemple en réalisant le premier sketch, avec un commercial dans le rôle du client. Mais mon Michaud est une fine mouche : il prend soin de choisir les plus dociles d'entre-nous et il a eu tout le loisir, contrairement à eux, de rôder sa prestation. Résultat : il fait une vente au plus grotesque client de la galaxie ! Pas de quoi se vanter, mais tout le monde est bien obligé de s'écraser.

Nous replions nos affaires, pas mécontents de savourer une pause bien méritée avant le jeu de massacre de cet après midi. Le restaurant dédié à nos agapes commerciales se trouve à quelques minutes du siège. Je suis venu en avion, il va falloir que je me trouve un chauffeur. Philippe me fait un signe de tête. J'accepte.

*

Je le suis sur le parking.

- Pas fâché d'aller déjeuner, dis-je, afin d'entamer la conversation.

- Il faut dire que tu dois avoir l'estomac vide…

Je le regarde, pour sonder ses pensées : il éclate de rire.

- Je te dois le plus grand pied que j'ai pris depuis longtemps, me lance-t-il. La gueule de Michaud ! Il n'en croyait pas ses yeux. C'est la première fois que je le vois aussi déstabilisé. Tu as été génial.

- Oh, tu sais, je n'ai pas vraiment fait exprès.

- On s'en fout ! Tu lui as gerbé dessus, c'est tout ce qui compte.

Il est visiblement ravi mais, pour ma part, je ne vois pas très bien ce qu'il peut y avoir de « génial » là-dedans. Je réalise surtout que je me suis fourré dans un sacré merdier et que ce n'est sûrement pas lui qui me tirera de là. La place du spectateur doit être plus enviable que celle de l'acteur. Tout ce que je peux espérer, c'est que le retour de manivelle ne soit pas trop brutal. Michaud est capable de tout, même de me prendre comme cobaye pour son sketch de cet après-midi. Un duel en public pour asseoir définitivement sa victoire. Il n'est pas du genre à se contenter de petits sarcasmes tels que ceux qu'il ma servis à la reprise de la réunion. Il attend le bon moment et l'heure de l'hallali est fixée à 14 heures.

Le déjeuner se déroule de façon très prévisible, aussi. Tout le monde s'assoit par affinité. Michaud à sa petite cour autour de lui, Guignard en tête. Il préside, au bout de la table, je me suis installé à l'opposé. Il pérore de manière odieuse; on pourrait tremper Michaud dans la merde qu'il continuerait à faire le malin. Il a une capacité pathologique à se mettre en avant, en toute circonstance. Je dévore les plats au milieu d'un brouhaha duquel s'échappe, de temps en temps, quelques notes plus appuyées. Je jette régulièrement un œil vers lui. Ce type, quoique j'en dise, me fascine. Je dois dire qu'il mène bien sa barque. Il a incontestablement une certaine forme de talent. C'est un bon orateur et il a un certain charisme qui fonctionne avec une majorité d'interlocuteurs. Finalement, c'est sans doute cette indéfectible assurance et la haute opinion de lui-même qu'il dégage qui m'exaspère. Michaud est peut être doué dans ce compartiment réduit de l'existence, ça ne justifie pas une telle arrogance. Il réussit l'alchimie exécrable d'être adulé par ses chefs et détesté par l'ensemble de ses collaborateurs subalternes.

Les serveuses nous apportent le café, le service se termine. Il va falloir passer aux choses sérieuses, retourner en réunion. Je préfère ne pas y penser. Je me concentre sur mon dîner de ce soir, avec Sophie. Je crois que je sais où je vais l'emmener, mais je ne suis pas décidé sur ma tenue. Sophie ne me connaît qu'en costume, ce qui n'est pas mon déguisement favori. D'un autre côté, le choix de ma garde-robe est restreint, je n'ai pris qu'une petite valise. J'opte pour un pantalon-treillis clair et une chemise en jean. Côté chaussures, je suis dans l'impasse, perdu entre des mocassins un peu trop chic et des écrase-merde en peau naturelle de mammouth. Pourquoi faut-il que les filles donnent tant d'importance à ce qui habille nos pieds ? Je sais que c'est une des premières choses qu'elles regardent chez un homme, après les yeux et les mains et je n'ai jamais su choisir mes chaussures. J'en profite pour regarder mes mains : mes ongles sont un peu longs mais propres; ne pas oublier de les limer. Pour les yeux, je ne suis pas trop mal servi, ça compensera les pompes.

Michaud donne le top du départ vers la salle de torture. Finie la rigolade, au turf. Nous abandonnons la table couverte de miettes de pain et sa nappe parsemée de tâches de vin rouge aux serveuses qui s'empressent de débarrasser. Je rejoins Philippe qui est déjà au volant de sa 206. Le bordel qui traîne sur les tapis de sol me la rend familière. Heureusement que ce sont nos voitures personnelles, Michaud nous obligerait à les ranger. L'autoradio diffuse un flash d'information ; il relate les dernières victoires alliées en Irak, dans le cadre de l'opération "Liberté irakienne". Quand je pense que des soldats font la guerre à des milliers de kilomètres de chez eux, terrorisés à l'idée de ramasser des gaz bactériologiques et que nous, nous nous apprêtons à singer des ventes de robinetterie, je me sens terriblement dérisoire. J'imagine Michaud dans le bourbier irakien, en chef de section : battle-dress impeccablement repassé, rasé de près, une petite cravache qui fouette sa cuisse. Il passe en revue ses hommes, nous, la démarche lente et saccadée, la tête tendue vers le haut à s'en déchirer les muscles du cou. Il nous dissèque de la tête aux pieds, cherchant le faux pli dans l'uniforme, l'erreur dans l'attitude. Puis d'un ton solennel, il nous convoque dans une demie heure à des sketches de guerre. Il fera le méchant irakien et nous, les gentils soldats alliés ; il a un plan génial qu'il a baptisé « raid éclair »…

Philippe n'a pas parlé et je sors de ma rêverie alors qu'il gare sa voiture sur l'immense parking de l'entreprise. Il doit être aussi enthousiaste que moi à l'idée du programme qui nous attend. Il claque la porte et m'applique une tape amicale dans le dos.

- Quand faut y aller, faut y aller, dit-il simplement, tandis que nous nous dirigeons vers les locaux.

Je ricane, pour donner le change. Il semble avoir plus de recul que moi. Philippe ne paraît jamais affecté par les événements. Il traverse les réunions comme un surfeur sur une vague, sûr de sa technique. Il est à la fois indiscutablement présent et pourtant à l'écart. Comment réussit-il ce tour de force ? Il n'offre le flan à aucune banderille de Michaud et il ne fait pourtant aucun doute qu'il se tape de tout ça comme de sa première chemise. Ses résultats, plutôt bons, lui permettent d'avoir une paix quasi royale. Michaud se méfie de lui, sans en avoir l'air. Il ne le met jamais sur le grill, comme s'il craignait un coup de griffe.

*

Nous poussons la porte d'entrée du personnel, à l'arrière du bâtiment et empruntons le couloir vers la salle de réunion. Je regarde ma montre : 13H58. Michaud déboule devant nous, un énorme dossier tenu par un élastique sous le bras. Il n'a jamais de sacoche, cet accessoire n'est probablement pas digne de son rang. A notre vue, son horrible rictus s'affiche instantanément sur ses lèvres.

- Je compte sur vous pour nous épater, Paul.

Je souris bêtement. Qu'est-ce qu'il y a à répondre à ça ? Bien sûr que je ne vais pas l'épater ! Je vais me vautrer lamentablement dans un exercice que je déteste et pour lequel je ne suis pas préparé. Et il va se délecter de me voir patauger. Cette petite phrase assassine n'a pour but que de me mettre un peu plus la pression et il devient maintenant certain qu'il m'a choisi comme cobaye du jour.

Michaud ferme la porte derrière nous. Tout le monde est là, autour de la table, visage baissé. Des prières presque visibles montent vers le ciel, implorant Dieu de ne pas être le premier sacrifié sur l'autel de Satan-Michaud. Guignard est là aussi, perdu dans une tentative de tri des notes de service qui couvrent entièrement sa table. C'est la première fois qu'il assiste à ce genre d'exercice. Il n'est généralement pas en réunion l'après-midi, occupé par des tâches plus impérieuses. Mais l'importance de l'opération, compte tenu de son impact sur la marge, et les « événements » de la matinée ont dû le persuader de rester. Du coup, il a emmené sa paperasse avec lui et se débat au milieu des dizaines de feuilles de façon pitoyable.

- Bien, commence Michaud. Une fois n'est pas coutume, je souhaiterais vous laisser l'initiative du premier sketch. Le mécanisme de l'opération est tellement simple que je pense qu'une nouvelle démonstration de ma part serait superflue. Qui veut commencer ?

Tiens, se pourrait-il que mon Michaud se défile ? La présence du DG y serait-elle pour quelque chose ?

Les volontaires ne se bousculent pas. Il parcourt la table de son regard acéré. Ses yeux croisent les miens. Il faut dire que je suis tellement persuadé que je ne vais pas y couper que je suis pour ainsi dire le seul à ne pas avoir le regard fuyant. Il s'arrête sur moi, me sonde, puis son regard bascule à l'opposé de la salle.

- Allez, Philippe et Gérard vont commencer.

Guignard lève la tête pour identifier les visages de ces deux prénoms qu'il ne connaît manifestement pas. Philippe me lance une œillade désabusée à laquelle je réponds par une moue compassionnelle. Pendant qu'ils s'installent, je réalise que je viens d'être épargné par Michaud. Je n'en reviens pas. Qu'est-ce qui peut bien se passer dans la tête de cet énergumène ? Peut-être a-t-il décidé de limiter les risques, compte tenu de la présence du DG. Ou alors, il me réserve la surprise du chef !

2

J'arrive dans ma chambre d'hôtel, lessivé. Michaud m'a finalement fichu une paix royale. Je n'en éprouve pourtant aucune gratitude à son égard, je déteste définitivement ce type.

Il me reste trois quarts d'heure pour me préparer, avant l'arrivée de Sophie. J'allume la télé et je tombe sur les actualités régionales : parfait. J'ai le besoin pathologique d'un bruit de fond continu et, préférablement, de conversations.

J'ouvre ma valise sur le lit et j'en sors mon treillis et ma chemise en jean. J'attrape au passage un caleçon propre et des chaussettes. Je me déshabille et jette mon costume et ma chemise sur la chaise. Je retire mes chaussettes et, machinalement, je les sens. Ce nouveau déodorant pour les pieds fait des merveilles. J'allume dans la salle de bain. Le néon blanc est puissant, j'aime ça. Je m'observe dans la glace et je me trouve plutôt beau garçon. Je fais glisser ma main sur mon torse et mon ventre à peu près ferme. Je descends jusqu'au caleçon et allège mon appareil génital, soupesant le total pour m'assurer qu'il fait bon poids. Mon sexe se raidit sous cette emprise. Terrible auto-érotisme auquel je n'ai jamais su résister. Je déboutonne la braguette et y glisse doucement ma main que je plaque sous mes bourses. Le contraste thermique les fait se réduire aussitôt et se coller sous ma bite. Je l'empoigne à son tour et entame un mouvement de va et vient. Elle prend de l'ampleur et je l'enserre maintenant en inversant la position de ma main, petit doigt côté gland. Elle se déploie davantage, trompée par ce subterfuge qui lui laisse croire qu'elle est dans une main étrangère. Mes couilles dansent la gigue dans mon scrotum, cherchant la chaleur du corps pour produire ce que l'hypophyse maintenant leur commande. Je me regarde me branler dans la glace, évitant mon visage. J'accélère la cadence. Mes jambes sont légèrement arquées, les abdos contractés, les cuisses tétanisées, les pieds crispés sur le carrelage froid. Je sens le plaisir s'insinuer dans mon bas-ventre et devine le flux du liquide séminal monter dans ma queue comme le mercure d'un thermomètre qu'on aurait exposé à une flamme. Soudain je me cambre, malaxant mes boules comme un fou. J'hésite à me mettre un doigt dans l'anus puis je renonce, pris de vitesse. La bite projetée en avant, comme un javelot, je crache mon venin démoniaque dans le lavabo. Je ferme les yeux et me termine par un mouvement lent et régulier. Une immense chaleur envahit mon ventre. Je me sens apaisé. J'ouvre les yeux et découvre mon regard hagard dans le miroir. Un vague sentiment de culpabilité me submerge. Je jette un coup d'œil sur le plan de toilette où un filet de sperme s'étire lentement le long du robinet. Je m'approche du mitigeur : C'est un MITIPLUS, dommage.

Après avoir sommairement nettoyé le lavabo d'une gerbe d'eau désinvolte, je m'introduis dans la douche et referme le rideau derrière moi. Machinalement, j'inspecte le mitigeur : ce coup-ci, c'est un ROBILUX. Je philosophe deux minutes sur le caractère volage de la clientèle et j'écarte le jet avant de l'actionner. La vapeur envahit le volume et le rideau se colle instantanément sur moi. Je me débats avec le tissu blanc-jaunâtre en tentant d'en coller les bords sur le carrelage mural. Il ressemble maintenant à une grosse voile gonflée et je me planque au fond de la douche pour éviter son contact. Je cherche le savon. Non !

Je l'ai oublié sur le lavabo, juste de l'autre côté de la paroi. Je tente une sortie partielle. D'abord le bras qui tâtonne vainement, à l'aveugle, sur le plan de toilette, puis la tête. Je chope la savonnette. Je cherche tellement à éviter le rideau que je me racle douloureusement l'avant-bras contre l'angle de la cloison. Peine perdue, il se plaque de nouveau sur moi. Excédé, je le repousse violemment vers l'extérieur et la barre se décroche. Elle me tombe sur le gros orteil et une décharge électrique me parcourt le pied. Rageusement, j'éjecte le total, barre et rideau, d'un revers de mon extrémité meurtrie. Ils gisent dans une flaque d'eau devant le bac. Je me savonne sous l'eau, vite fait. Je m'attarde sur mon gland que je nettoie consciencieusement, dans l'hypothèse où il reprendrait du service ce soir.

Le carrelage de la salle de bain est trempé. J'ai horreur de ça. Je sors en faisant gaffe de ne pas m'étaler et je balance toutes les serviettes inutiles par terre. L'endroit ressemble maintenant à un marécage. Déodorant, parfum, coup de peigne. Retour dans la chambre, en terrain sec. J'allume une clope, je jette un coup d'œil à l'heure. Il me reste un quart d'heure. Je m'habille vite fait en regardant la télé. Un reportage de France 3 Rhône-Alpes me fait découvrir une vieille qui file encore la laine à la main, au fin fond de la Haute Savoie. Passionnant. Que l'ancêtre s'échine à fabriquer ses pelotes alors qu'elle pourrait aller chez Phildar, passe encore ; mais qu'un abruti aille filmer ça, faut vraiment qu'il n'ait rien d'autre à foutre.

Je me félicite de ne pas payer ma redevance audiovisuelle et je fais des paris sur le thème du reportage suivant : un chien de berger qui se roule lui-même ses pétards ? Tendance mais politiquement incorrect. Un club de retraité adepte du bridge-déshabilleur ? Sujet tabou ; la misère sexuelle du troisième âge, ça fout les jetons. Je jette l'éponge et change de chaîne. Pubs et bandes-annonces sur tous les autres canaux : on approche de l'heure du JT. Ca veut dire qu'il faut que je me grouille ou je vais être en retard.

En dépit d'une hésitation de dernière minute, je me tiens au choix des chaussures prévues. Elles sont vraiment vulgaires. Retour vers la salle de bain pour leur faire une beauté. Mes semelles laissent des empreintes crantées sur les serviettes détrempées qui jonchent le sol. Je frotte mes pompes avec un bout de drap de bain humide. La couleur qu'elles laissent sur le tissu éponge est répugnante. Brossage de dents express et dernier coup d'œil au miroir. A part quelques cernes sous les yeux, l'ensemble est correct.

Je décide de descendre au bar, attendre Sophie. Je risque de me faire chambrer par les autres s'ils me voient avec elle, mais je préfère qu'elle ne monte pas dans la bauge qui me sert de chambre. Ultime inspection dans la glace de l'ascenseur, on n'est jamais trop prudent. Braguette fermée, dents impeccables, pas de tâches sur les fringues, pas de croûtes au coin de l'œil : paré. Je perçois pourtant nettement l'auréole humide de liquide séminal qui a suinté de mon gland, mais je n'ai pas le temps d'aller changer de caleçon. J'aurais du pisser pour évacuer tout ça.

*

La porte de l'ascenseur s'ouvre sur Sophie, assise dans un fauteuil, dans un coin du hall. Elle attend, le regard vagabondant sur la déco en stuc de la réception. Elle porte une jupe noire assez courte, en laine légère, avec des bas résilles et de grandes bottes. Un tantinet vulgaire mais sexy. Le haut est plus sage, chemisier blanc et cravate d'homme nouée façon négligé-chic. Sur le siège, à côté d'elle, manteau en gabardine foncée et chapeau en feutre noir. Qui aurait cru que la classique Sophie de ROBILUX se transformait en garçonne la nuit venue ?

Coup d'œil au bar, pas de tête connue en vue. Je m'approche d'elle en souriant, elle se lève. Je suis embarrassé, je ne sais pas si je dois lui faire la bise. Elle sourit à son tour et baisse les yeux, gênée aussi. Peut-être davantage par sa transformation vestimentaire que par la situation. N'empêche qu'elle a voulu m'en mettre plein la vue. Je réalise subitement que mon accoutrement est très en dessous. Je regrette immédiatement le choix de mes chaussures ; les mocassins auraient un peu rattrapé le niveau. Trop tard, je dois déjà être catalogué dans la rubrique « mec à pompes de bouseux ».

- On y va ? dis-je pour dissiper l'embarras mutuel.

Petit hochement de tête exagérément appuyé en signe de complicité. Elle pose son manteau sur son bras, le chapeau dans la main et nous filons vers le parking.

Sa Corsa jaune-or est impeccablement propre, intérieur comme extérieur. Pas de fioritures, si ce n'est des tapis de sol rajoutés et un sapin parfumé pendu au rétroviseur. Je reste définitivement fasciné par les individus qui savent garder leur bagnole aussi nickel. Moi, une journée après l'avoir nettoyée de fond en comble, elle est de nouveau ignoble.

Son parfum embaume l'habitacle. Je reconnais instantanément « Opium », d'Yves Saint Laurent. Première fausse note : la fragrance est entêtante et me rappelle de mauvais souvenirs. Une fille avec qui ça s'était mal passé au pieu. Elle avait refusé de me sucer malgré les contorsions que j'avais mises en œuvre pour l'y amener et quand je l'avais sautée, j'avais eu l'impression d'être un

Inuit fraîchement débarqué dans la salle des pas perdus de la gare de Lyon, tellement sa chatte était immense. En plus, elle était moche. Je m'étais fini à la main sur son ventre et l'avais foutue à la porte. Faut pas déconner.

Je guide Sophie à travers la ville vers le petit resto intime où j'ai réservé. J'ai insisté au téléphone pour avoir un coin tranquille et des bougies : chose promise, chose due… Je connais la patronne, elle nous installe dans un recoin de salle, un peu à l'écart. Elle me tend un menu en me balançant un clin d'œil complice. Fait chier. On ne peut pas dîner avec une fille en tête à tête sans que ça prête immédiatement à confusion, qui plus est si elle est jolie. Pourtant, ça m'est arrivé plus d'une fois de sortir une fille, comme ça, sans arrière pensée. Enfin, au moins une fois. C'était avec ma voisine de palier. Son mec était en Allemagne depuis quinze jours et elle déprimait sévère. Elle m'a demandé de l'emmener dîner quelque part, pour se changer les idées. Eh bien, rien, pas même une pulsion. Sortie copain-copain. Et le fait qu'elle soit moche n'a rien à voir là-dedans.

Et puis merde, elle a raison, je me la taperais bien, Sophie. Mais je ne veux pas qu'on me le fasse remarquer. Je veux croire à la magie. Je veux me persuader que je peux encore apprécier une soirée avec une fille sans forcément l'imaginer dans mon lit. Nous les hommes, on est comme ça ; on se raconte, entre nous, tout le détail du Kama-Sutra qu'on a appliqué à la petite pétasse qu'on a levé la veille, mais dès qu'on sent poindre un soupçon de sentiment avec une fille, black-out total. On en vient même à détester les pulsions libidineuses qui nous traversent très naturellement l'esprit. Le sexe parait alors totalement trivial comparé à la pureté des sentiments que l'on sent émerger. La tendresse, la sensualité prend le dessus sur les instincts animaux dont la nature nous a cruellement dotés. Dans le film « Maffia blues », Robert

De Niro résume parfaitement ce paradoxe : Billy Crystal, son psy dans le film, lui demande pourquoi il a recours à une prostituée alors qu'il est marié. De Niro lui répond qu'il fait avec une fille de mauvaise vie des choses qu'il ne pourrait pas faire avec sa femme. Billy Crystal s'étonne : pourquoi ne pourrait-il pas faire ces choses avec sa femme ? Réponse de l'autre : « Vous êtes fou, c'est la bouche qui embrasse mes gosses tous les soirs ! » Rideau. Tout est dit.

- Vous prenez un apéritif ?

Sophie prend un kir et moi un whisky glace. Elle s'agite sur sa chaise, se penche, déplace son sac de cinq centimètres, réajuste son manteau sur le dossier de la banquette en velours, puis redéplace son sac de trois centimètres, se redresse, puis replonge dans son sac et en extirpe un paquet de cigarettes qu'elle pose devant elle, puis repart dans son sac à la recherche d'un briquet. Elle est visiblement mal à l'aise.

J'allume une clope alors qu'elle fouille fébrilement son paquet, sans me regarder. J'aurais pu lui en proposer une des miennes, mais je lui aurais cassé son mécanisme d'acclimatation.

- Vous choisissez quelle destination, dis-je pour rompre la glace ?

Elle relève la tête, interloquée.

- Pardon ?

- Oui, vous vous souvenez ? On doit s'enfuir ensemble au bout du monde.

- Ah oui, c'est vrai. Mais ce n'est pas un peu risqué de partir comme ça, si loin, avec un quasi inconnu ?

Elle retrouve sa contenance. Elle tire sur sa cigarette en me regardant, la tête légèrement penchée sur le côté. Excellent. Tous les psy vous diront que cette attitude est un signe patent de tentative de séduction.

- Vous préférez rester ici, avec des gens que vous connaissez désespérément trop bien ?

- Je ne risque pas de mauvaises surprises, au moins.

- Oui, mais pas de bonnes non plus. Vous êtes joueuse ?

- Quand je connais les règles, je peux me laisser tenter.

- Qu'est-ce que vous avez à perdre ?

- Qu'est-ce que j'ai à gagner ?

Retour à la case départ. Je l'avais bien en main, elle s'était laissée prendre à mon petit jeu de question-réponse et paf, d'un coup de reins, elle m'oblige à renter dans la partie.

- Un vie trépidante, sous le soleil, avec un garçon exquis.

Elle lâche un petit rire sec, limite vexant.

- Qui vous dit que ma vie n'est pas trépidante, ici, sous la grisaille ? Regardez, je m'apprête à passer une délicieuse soirée aux chandelles, dans un cadre superbe, avec un garçon « exquis ».

Paul, reprend-toi. Elle est en train de te retourner comme une crêpe. Un léger malaise m'envahit. Mon jeu de séduction se délite, elle l'a parfaitement cerné. Je dois changer de tactique, vers un terrain moins familier. J'appréhende de passer à un autre registre. Je déteste jouer quand je ne mène pas le jeu. J'avais parfaitement placé mes divisions, j'étais prêt pour la bataille, je ne pouvais pas perdre (Merde, voilà que je parle comme Michaud) et elle fait un Strike dans ma ligne d'attaque.

Elle me regarde, un petit sourire sur les lèvres. Elle sait qu'elle m'a déstabilisé et s'en amuse. Je souris bêtement, pour gagner du temps. Je tente une contre-attaque un peu désespérée.

- Ok, on reprend tout à zéro. La vie vous rend heureuse ?

- Je doute que ce dîner suffise à faire le tour de cette question, Paul. Mais disons que je ne me plains pas.

La réponse est affligeante. « Je ne me plains pas… » . Il y a dans cette phrase un agglomérat de résignation, de manque d'ambition, de contentement moyen, trop moyen. La moyenne, il n'y a pas de position plus inexistante. C'est la masse, l'informe, le lisse dans toute son abjection. Comment peut-on se contenter d'être « dans la moyenne » ? Je préfère être dernier plutôt que moyen. Sophie, tu me déçois. Ma question était sans doute bateau, mais cette réponse, c'est le signe incontestable du renoncement. « Je ne me plains pas… » Eh bien moi, je me plains tout le temps ! De ce boulot à la con, de ce chef à la con, de ces clients à la con, de mon appartement à la con, de ma voiture à la con, de mon costard à la con, de ce temps gris à la con… Si j'arrête de me plaindre, je suis mort ! Je veux de l'exaltation, j'ai envie d'avoir envie. Je passe mon temps à vendre des robinetteries de merde à des clients de merde pour des consommateurs de merde qui « ne se plaignent pas » ! Qu'ils aillent tous se faire foutre ! Sophie, où sont tes rêves de petite fille ? Qu'est-ce que tu as fait de tes robes de princesse et de ton prince charmant sur son beau cheval blanc ? Tu passes tes journées derrière un comptoir miteux à répondre au téléphone. « ROBILUX, bonjour. Ne quittez pas, je vous le passe… ». Et tu ne te plains pas ? Mais bon Dieu, qu'est-ce qu'il te faut de plus pour gueuler un bon coup : « Vous faites tous chier ! Ras-le-bol de cette vie de merde ! ».

Je la regarde. Sa beauté s'est estompée, le charme est un peu rompu. Elle devine que je gamberge. Ma mine doit être figée et je n'ai pas prononcé un mot depuis au moins quarante cinq secondes.

- Je vous déçois, n'est-ce pas, Paul ? Vous auriez préféré que je vous réponde que je ne suis pas heureuse. Que je rêve chaque minute au soleil, aux plages de sable blanc, à la mer bleue. Que je vous dise que je m'imagine courant nue dans les vagues en tenant l'homme de ma vie par la main, puis faisant l'amour sur le sable, bercés par les vagues qui viennent mourir sur nos corps brûlant de désir. Que je vous dise que j'aurais voulu être la première astronaute à poser le pied sur la Lune ou sur Mars. Que je rêve d'être grand reporter et ramper au milieu des combats, appareil photo au poing, sous le sifflement des balles qui ricochent autour de moi. Que je sois la plus grande voleuse de tous les temps, dérobant des trésors au nez et à la barbe des systèmes de sécurité les plus sophistiqués du monde, recherchée par toutes les polices de la planète. Eh bien non. Je suis une petite standardiste minable et je m'accroche à mon job et à la petite vie que je me suis construite, tant bien que mal. Je l'accepte et je ne me plains pas.

Ses yeux se sont remplis de larmes, à la limite de la saturation, mais elle les contient. Bien que je m'en défende intérieurement, elle m'a touché. Cette détestable habitude que j'ai de juger les gens en un quart de seconde vient encore de me jouer des tours. Sa détresse et sa fragilité m'émeuvent. C'est l'arme la plus redoutable que l'on puisse utiliser contre moi, celle qui fait voler toutes mes certitudes imbéciles en éclats. Pardonne-moi, Sophie. Tu n'es pas résignée, tu es contrainte. Cette position dilue les responsabilités.

Une larme déborde et j'ai envie de la prendre dans mes bras. Je ne supporte pas de voir une fille pleurer. Moi et mes questions à la con.

A bien y réfléchir, je ne m'en sors pas mieux qu'elle. Je me plains, certes, mais ça ne change pas grand-chose. Le problème reste entier. Non seulement je n'échappe pas à ma vie, mais en plus, je me la gâche avec une application qui confine au masochisme. Sophie, elle, fait avec. Cette attitude témoigne d'un stoïcisme plus éclairé et, en tout cas, d'un indéniable pragmatisme qui me fait défaut. On est sans doute plus heureux quand on ne pleure pas sans cesse sur le lait renversé. A la différence près que le lait renversé, je ne désespère pas, un jour, d'arriver à le remettre dans le seau.

Je glisse ma main vers elle, sur la table, paume ouverte vers le haut. Ses yeux accrochent les miens et j'y perçois un éclair d'étonnement et d'hésitation. Lentement, elle pose la sienne dessus et nous les resserrons dans une insaisissable étreinte.

- Pardonnez-moi, Sophie, je n'avais pas le droit de vous demander ça. On vient à peine de faire connaissance, et en moins d'un quart d'heure, j'ai réussi l'exploit de vous faire pleurer.

Elle sourit et sèche ses larmes du revers de son autre main, sans relâcher la mienne.

- Sans doute as-tu appuyé au bon endroit, dit-elle, me tutoyant soudainement.

La serveuse apporte l'entrée. Elle m'adresse un air réprobateur en apercevant le visage humide de Sophie. De la tête, je lui montre que nous n'avons pas touché à nos apéritifs. Elle repart avec ses assiettes, l'air renfrogné.

Je lève mon verre en direction de mon invitée.

- A tes rêves, Sophie. Je forme le vœu qu'ils prennent vie un jour.

- Et les tiens, Paul, tu ne m'en parles pas ?

- Alors c'est ça, tu veux que je pleure aussi.

Elle éclate de rire. Ca me fait du bien de la voir comme ça.

- Je suis déjà astronaute, dis-je. Je vais presque tous les jours sur la Lune. Je m'assois au bord, les pieds dans le vide, et je contemple la petite planète bleue et ses humains qui s'agitent dessus. Puis je tourne mon regard vers l'immensité du vide sidéral et je les trouve si dérisoires, si pathétiques, que je me sens étranger à cette planète.

J'aimerais, un jour, ne jamais avoir à redescendre de là haut.

- C'est une jolie idée, Paul.

Je proteste.

- Ce n'est pas seulement une idée, Sophie. C'est aussi la réalité.

Elle me sourit, comme on sourit à un demeuré dont on sait qu'on ne lui fera pas entendre raison, mais qui vous attendrit tout de même. Je reste impassible, mes yeux gravement plantés dans les siens. Je veux qu'elle comprenne que je ne rigole pas. Son sourire s'estompe, le doute s'immisce dans son esprit. Elle semble envisager un instant la possibilité que je sois sérieux mais se heurte vite aux premières irréfutables raisons qui balayent cette option.

Je jubile de la voir patauger. Les rêves des autres ont quelque chose de sacré. Pas question de jouer avec ça, c'est trop grave. Elle est perdue car je parais trop sérieux et elle se demande si je crois vraiment à cette connerie de voyage lunaire. Avec une bonne copine, elle éclaterait de rire en la traitant de barge, mais moi, elle a peur de me vexer. Oui, et si j'y croyais, si j'avais bâti mon apparent équilibre psychologique sur ce rêve de gosse et qu'elle vienne tout foutre en l'air par un rire gras et inconséquent qui me détruirait, moi qui lui ai confié mon secret intime.

Son visage vient de changer. Quelque chose éclaire soudain ses traits. L'incertitude palpable précédemment s'est évanouie. Aurait-elle trouvé la clé de ma surréaliste déclaration satellitaire ?

- La Lune, dit-elle.

- Quoi, la Lune ?

- C'est la destination que je choisis.

3

On a filé directement chez elle. Pas de petit verre dans un pub. On est grands tous les deux, on savait qu'on en avait envie, alors pourquoi attendre ? Pourquoi se taper le plan du verre après le resto alors qu'on ne pense plus qu'à se retrouver, ensemble, dans un lit, pour échapper à la médiocrité de nos petites vies aux rêves oubliés ? Et puis, une fille qui est prête à vous suivre jusque sur la Lune n'a sûrement pas d'état d'âme concernant un détour par un plumard.

Le meilleur moment, paraît-il, c'est quand on monte l'escalier. Je prie pour qu'elle n'habite pas au rez-de-chaussée. Je suis resté sage, dans la voiture. Je ne craignais pourtant pas de me prendre une veste, on savait très bien où on allait. Mais je ne sais pas, il me semble que pour les préliminaires en voiture, il faut être intime ; en tout cas plus que nous le sommes.

Elle fouille son sac, à la recherche de sa clé. Je suis collé à elle, plaquant mon bas ventre sur ses fesses et serrant ses seins dans mes mains. Je l'embrasse dans le cou. Pas facile de trouver son trousseau dans ces conditions. Je ferme les yeux, j'ai une trique d'enfer. Un cliquetis métallique m'informe que nous touchons au but. La porte cède sous la pression de nos corps. Sophie la repousse du coude, laisse tomber son sac et ses clés à ses pieds, se retourne et passe ses mains sous ma chemise. Le contraste thermique de ses doigts froids m'électrise et un frisson de plaisir me parcourt l'épiderme.

4

On a baisé, baisé et re-baisé. Ma queue n'est plus qu'un vieil appendice rabougri et douloureux. Je n'ai vraisemblablement plus une seule goutte de sperme disponible dans les bourses pour plusieurs jours. Mon cerveau a déchargé tout son stock d'endorphines dans mon organisme, afin de me ramener à la raison et de mettre un terme à cette stérile débauche pseudo-reproductive. J'ai le goût de la chatte de Sophie plein la bouche et j'aime cette sapidité animale et légèrement métallique. Je suis allongé sur le dos et elle s'est endormie sur mon épaule, comme dans les films. A moins que ce ne soient les films qui imitent la vraie vie... Sa peau est d'une douceur abyssale. La douceur d'une peau féminine a quelque chose de terriblement rassurant. Sans doute en raison des effluves de souvenirs d'enfance qu'elle traîne dans son sillage. Y a-t-il quelque chose de plus essentiellement, de plus sensuellement apaisant que la peau d'une maman ? Jusqu'à un âge relativement avancé, j'ai cru que rien ne pourrait jamais remplacer un câlin maternel et qu'aucune fille au monde, aussi douce soit-elle, ne saurait jamais rivaliser sur ce terrain. J'ai vite compris, au rythme de mes conquêtes amoureuses, que, globalement, je me trompais. Mais globalement seulement. Car à y regarder de près, tout tient dans la nature de la relation. Il y a une absence totale de séduction dans un câlin maternel, dans un sens comme dans l'autre. Il y a un abandon émotionnel complet ; rien à prouver, rien à craindre, rien à cacher. De l'affection à l'état pur. Avec une fille, c'est autre chose. Il y a une part d'attente, une espérance, un format. « Serre-moi fort dans tes bras ». Quel homme n'a pas entendu cette phrase de la bouche de celle qui l'aime ? « Ah ! Qu'on est bien, serrée par des bras audacieux » ! Elles ont besoin qu'on les rassure, elles veulent se blottir à l'abri de ce fort sécurisant. Même le plus petit nabot de la création entendra un jour ces paroles prononcées par sa bien-aimée, et il la serrera avec ses pattes de mouche, et elle se sentira en sécurité.

Souvent je voudrais, moi aussi, qu'on me prenne dans ses bras et qu'on me serre fort. Je voudrais pouvoir poser mon sac et pleurer sur une épaule réconfortante, je voudrais… je voudrais… je voudrais que maman me fasse un câlin ! Comme ça, maintenant, tout de suite. Sans me demander pourquoi, sans chercher à savoir, sans s'inquiéter de ce besoin aussi impérieux que soudain. Un pur câlin maternel, désintéressé, gratuit, intense, généreux, chaud, doux, peau contre peau.

Elle bouge, pousse un petit grognement de bien-être et s'immobilise de nouveau. J'ai envie d'une cigarette. Elles sont dans mon treillis, au pied du lit. C'est curieux, je ne dors pas et je n'ai pas sommeil. D'habitude, les parties de jambes en l'air me mettent K.O.

Je décide de me lever, il faut que je fume. Je récupère doucement mon bras et je dépose délicatement la tête de Sophie sur l'oreiller. Je fouille mon pantalon, m'allume enfin une clope et me dirige, complètement à poil, vers la fenêtre. La vue sur le Rhône …la Saône …? Faut vraiment être lyonnais pour comprendre quelque chose à l'identité de ces deux merdiers de fleuves ! En tout cas, la vue sur le cours d'eau est jolie… Lyon est magnifiquement éclairée. Les feux des voitures s'étirent et se resserrent le long des quais, à la manière d'une grosse chenille. Plus bas, sur les berges de la *Srhôane*, un groupe de jeunes types en survêtements blancs et noirs se font chier, assis sur les capots de deux Golf Gti au tuning effrayant. Ah les cons ! Ils n'ont qu'à baiser, ça passe le temps. Et s'ils ne trouvent pas de filles, ils n'ont qu'à baiser entre eux, ça n'a jamais tué personne.

La fumée de ma clope envahit la pièce d'un gros nuage bleu. Je décide de la finir sur le balcon, pour ne pas embêter Sophie qui dort. La caresse du petit vent printanier me fait frissonner la peau. Je m'accoude sur le balcon, nu comme un ver, sous le regard médusé du voisin de gauche qui fume, lui aussi. Je lui adresse un signe de tête qu'il me rend. A son air, quelque chose me dit que lui, il ne vient pas de baiser pendant des heures mais que bobonne lui interdit de cloper dans l'appartement. Je déprime pour lui. Machinalement, je jette un coup d'œil au plumard où Sophie dort toujours. Je nous imagine dans dix ans : pas beaux à voir. Je serai sans doute à la place de ce pauvre type, à fumer comme un con sur mon balcon, tout seul à 3h00 du mat, en matant le mec à poil qui vient de s'enfiler pendant quatre heures la petite voisine sur laquelle je fantasme quand je me branle sous la douche.

5

Je me réveille complètement perdu. Je sens confusément que je ne suis pas dans un environnement connu. Une lumière douce filtre à travers les voilages bleus, je suis dans une couette épaisse et chaude. Ca ne ressemble ni à mon appartement, ni à ma chambre d'hôtel. Je tourne la tête et j'aperçois Sophie qui dort, le visage parfaitement détendu ; le puzzle se remet en ordre.

Je n'ai aucune idée de l'heure. J'ai bien conscience que cette information n'a pas vraiment d'importance mais, question d'habitude, je cherche un réveil des yeux. En vain. Je me rapproche de Sophie, me love dans son dos, passe ma main par-dessus elle. Mon sexe se raidit instantanément au contact de ses fesses. La légère douleur qui accompagne ce durcissement me remémore nos excès de la veille. J'en souris malgré moi, j'ai peine à croire à cette insatiabilité qui me permettrait de remettre le couvert illico...

Sophie semble m'avoir deviné, elle s'étire, enroulant à l'envers son bras autour de mon cou. Sa peau de femme se colle à mon torse, cette douceur inégalable, ce cadeau des dieux. Je me souviens qu'elle m'a dit hier soir, dans le feu de l'action, que j'avais la peau douce, « pour un garçon » ; rien à comparer du satin vivant dont je m'imprègne, je te l'assure...

Nous restons enlacés un moment, simplement heureux d'être là, emplis de la félicité de nos corps chauds l'un contre l'autre. Des moments qu'on voudrait éternels, des territoires perdus entre la paix de l'âme et la pure extase...

Sophie se retourne vers moi et plonge son regard dans le mien. Je suis tenté d'y déchiffrer mil messages contradictoires : « Qui es-tu, toi, qui es dans mon lit ce matin ? Faudrait pas croire que tu es installé pour de bon, là…Tu seras encore là demain, hein, tu me le promets ? Qu'est-ce que tu cherches… ? » Je me contente de sourire et elle sourit à son tour.

- Tu as faim ?
- Tu veux dire, d'un petit déjeuner… ?

Elle me jette son oreiller à la figure en se levant, me traitant de voyou. Je la regarde filer à la salle de bain, nue, ondulant comme un ruisseau d'eau vive. Qu'y a-t-il de plus beau que le dos d'un corps nu de femme qui s'éloigne ? Je profite de cette vision divine jusqu'à la dernière goutte puis me rejette sur le dos, remerciant le Ciel de cet instant de bonheur absolu. Toutes les heures insipides ou sombres de mon existence semblent se dissoudre dans la perfection de ce moment. N'aurais-je vécu jusque-là que pour l'exception de ce matin béni des dieux ?

L'odeur de pain grillé excite mes narines. Je réalise que je m'étais assoupi. Je me lève à mon tour, attrape ma chemise et mon caleçon et file à la salle de bain.

Le sucre, voilà quelle est la première odeur qui surnage d'une salle de bain de fille. D'abord le sucre, puis des effluves plus capiteux, des touches mélangées de son parfum, une exhalaison de crayon de bois, enfin. C'est le royaume des fragrances entrelacées, des arômes mêlés.

Puis c'est la couleur, toute la palette. Des verts, des rouges, des mauves, petites fioles multicolores, grands flacons aux liquides irisés.

Puis c'est l'abondance, le débordement. Les tablettes saturées, les rebords de vasques envahis, les tours de baignoires colonisés. Les vanitys dégueulant de boîtes et de tubes, les trousses ouvertes regorgeant de crayons et de poudres.

Je me fraye un passage discret dans cet univers étrange, fait d'excès et de subtilité, où la rusticité supposée de ma condition d'homme rend ma présence en ce lieu presque déplacée. Le temps d'une douche où, les douces éponges fines et naturelles, les crèmes de bain à la soie liquide, et les masques pour cheveux fins et fragiles me rappellent qu'en cet espace, je ne suis que très provisoirement toléré…

*

Dans la cuisine, Sophie a dressé la table pour un brunch. La pièce est littéralement baignée de soleil, pour le plus grand bénéfice des plantes vertes qui y trônent. Je m'installe tandis qu'elle dépose une théière fumante sur la table. Elle me propose du café et je lui affirme que le thé me va très bien. Je n'en ai pas bu depuis au moins vingt ans, mais bon…Elle prend place en face de moi, je lui souris, elle me répond. Puis nous nous affairons en silence à composer notre pitance reconstructrice.

De temps en temps, nos regards se croisent, un sourire fuse, un peu confus, puis un autre en miroir. Bien que je sache tout de ces petits déjeuners du lendemain, ils ne manquent pas de me laisser désarmé. Je m'étonne toujours de constater que le mutisme succède presque invariablement à la débauche des corps. Nous ne savons pas quoi dire en dépit de l'intimité de notre dernière nuit. Nos ébats ont-ils totalement épuisé nos mots ? Est-ce que tout est dit ? A moins que la communication verbale ne soit le stade le plus abouti de la relation amoureuse : on parle avant, on fait l'amour, on se tait, puis on se parle de nouveau.

Finalement, ce silence me convient bien, ne me met nullement mal à l'aise, personnellement. C'est idiot mais c'est davantage à l'idée que se fait Sophie de cette situation que je pense. J'imagine les pires conclusions qu'elle déduit de cette absence de conversation. A aucun moment je n'envisage la possibilité qu'elle puisse, elle aussi, se satisfaire de l'instant, tel quel. Je voudrais tant qu'elle sache que je suis bien, que ce moment a pour moi quelque chose de sublime.

Je la regarde se faire ses tartines ; des tartines de fille, calibrées, où le beurre et la confiture sont dosés avec précision et même avec grâce ; et je sais que chaque bouchée sera parfaitement proportionnée, ni trop grosse, ni trop petite, et la mastication harmonieusement adaptée.

Elle me regarde la regarder et dresse ostensiblement un sourcil. Je lui souffle un baiser sur ma main, elle fait mine de le gober en riant. Je me laisse aller dans le dossier de la chaise, la tasse à la main. Il me semble encore sentir l'empreinte de sa peau sur la mienne, ses mains qui me découvraient, son souffle dans mon cou ; une onde qui n'en finit pas de vibrer dans mon organisme, qui se propage sans vouloir disparaître, refusant d'obéir à la physique la plus élémentaire…

- C'était bien, cette nuit, lâché-je presque sans m'en rendre compte.

Elle se lève d'un bond en riant, s'approche de moi et me dépose un baiser dans le cou.

- Viens, petit scarabée, allons découvrir le monde…

*

Je suis d'abord saisi par la tiédeur de ce début d'après-midi. Les beaux jours approchent indéniablement, mais celui-ci semble avoir un bon mois d'avance. J'ai passé mon bras autour des épaules de Sophie et elle s'arrime à mes hanches. J'ai l'esprit un peu embrumé et je me sens en décalage avec la forte réalité que dégage ce printemps précoce. La chaleur et les rayons qui pilonnent la ville, le réveil de la Nature visible dans les arbres qui bordent les rues, l'entrain des passants, tout appelle à un ancrage terrien, à une attitude constructrice et volontaire. L'éclosion saisonnière de la Vie n'autorise pas les esprits approximatifs…

Nous déambulons dans les rues du quartier *Saint Jean*. Toutes les boutiques sont ouvertes, les cafés ont sorti leurs terrasses. Par moments, Sophie laisse tomber sa tête contre mon épaule, me serre un peu plus fort. Il me semble que nous partageons le même sentiment face au spectacle banalement quotidien qui se déroule autour de nous. Nous nous sentons un peu étrangers aux autres, comme si nos existences jouissaient d'un traitement de faveur, à l'écart, sur un autre plan ; nous sommes au milieu de la Vie, mais avec ce léger recul qui nous donne un soupçon d'altitude… Est-ce d'avoir autant joui ? L'exultation des corps conduit-elle à l'élévation des âmes ?

Sophie s'arrête devant un stand et commande une gaufre au sucre. Les odeurs de pâte cuite et de caramel se répandent en moi, investissant chaque recoin de mon être, débusquant ici ou là quelques embruns d'enfance. Je la taquine sur sa ligne – il n'y a pourtant vraiment rien à dire à ce sujet – et elle me souffle son sucre glace au visage en riant. Il me faut parlementer longuement pour pouvoir croquer un morceau de sa gaufre, elle craint des représailles…

Il y a des moments dans la vie où le Paradis semble à portée de main. Tout parait simple, limpide. Toutes les contrariétés se noient dans le plaisir d'être ensemble, le mal de vivre se dilue dans le partage d'une gaufre au sucre…

Nous traversons… *la Saône* par la passerelle piétonne. Les couleurs sont splendides et je promène mes doigts devant mes yeux pour cacher des bouts de paysage : je fais disparaître les voitures des quais pour ne laisser que la rivière et les façades ; des allures de Grand Canal vénitien…Sophie s'éloigne de moi, en reculant, puis me crie que j'exagère. Je lui hurle à mon tour qu'elle n'est pas assez poète et je lui cours après. Je la rattrape et la serre dans mes bras, elle fait mine de se débattre et d'appeler au secours, puis s'accroche à mon cou. Je l'embrasse en fermant les yeux.

Elle m'entraîne dans la *rue Mercière*, flânant devant quelques boutiques, puis nous nous asseyons à la terrasse d'un café. Elle me parle de Lyon, des coins où l'on fait la fête, ceux où il faut dîner, danser. Je la découvre sous un autre jour. La timide Sophie semble être un véritable oiseau de nuit. Je la trouve rayonnante, joyeuse, pétillante. Son enthousiasme est contagieux. Je croise ses yeux alors qu'elle s'enflamme à propos du dernier concert qu'elle a vu au *Transbordeur*. Une légère arythmie cardiaque me confirme ce que je sais déjà : je suis en train de tomber amoureux de cette fille…

Le serveur dépose les deux cafés fumants sur la table, elle allume une cigarette. Je l'imite. Je me rends compte que je n'ai pas dit grand-chose, à part essayer de transmuter les péniches en Vaporetto…Ca n'a pas l'air de l'affecter, elle nourrit mes silences. De temps à autre, elle me lance un coup d'œil mutin, entre deux phrases. Elle s'amuse de la boulimie avec laquelle je la mange malgré moi des yeux. « Garde-en un peu pour ce soir » me glisse-t-elle.

« Ce soir ». Les mots me figent sur place. Ce soir, ce soir, il n'y a pas de ce soir. Je ne vis pas ici, mon appartement n'est pas là, mon boulot est ailleurs. Et puis on est le 5... Cette simple constatation suffit à m'anéantir définitivement. Le 5... Le sort s'acharne contre moi.

- Je vais devoir rentrer sur Avignon. Crois-moi, j'en suis le premier désolé.

- Oh, ça ne fait rien, je comprends.

- Ecoute, je donnerais tout l'or du monde pour que cette journée ne s'arrête pas, mais je ne suis pas sensé être là et le 5 de chaque mois, je rends visite à mon père, à la maison de retraite.

- C'est tout à ton honneur, Paul. Vraiment, je comprends, ne t'en fais pas.

Je lui prends la main, grimace un triste sourire. Je lui explique que ce n'est pas une partie de plaisir, mais qu'il n'a plus que moi. On règle l'addition et nous dirigeons vers son appartement, bras dessus, bras dessous. Comment peut-on passer aussi vite de la félicité à la mélancolie ? Il y a encore dix minutes, j'étais heureux et je me sens désespéré, à présent. L'idée de quitter Sophie me consterne, me broie, mais je dois pourtant m'y résoudre. Curieusement, le jour semble déjà décliner tandis que nous atteignons le porche de son immeuble. Je récupère mon sac chez elle. Je la serre dans mes bras encore une fois, on ne se promet rien. Pas d'effusion.

Je mets le contact et je sais déjà que tout le trajet du retour lui sera consacré...

6

Je le regarde. Il est assis sur sa chaise, devant la fenêtre, les yeux fixant l'horizon : une vraie caricature. Je retape son lit, pour me donner une contenance. Je m'oblige à venir ici tous les mois et pourtant cette perspective me ronge les intestins. Il n'est plus qu'un vieillard muré dans son corps, nous n'échangeons que de rares paroles mais sa simple présence me met mal à l'aise. Et ce sentiment est un progrès ; il y a quelques mois encore, j'étais presque terrifié à l'idée de me retrouver seul avec lui.

Je m'interroge sur les raisons qui me poussent à venir ici tous les mois. Il n'a plus de famille, plus d'amis, il n'a plus que moi. Si je ne venais pas, il n'y aurait personne pour me le reprocher. Je ne suis même pas sûr que mes visites lui fassent plaisir. J'arrive, je pose un baiser sur son front, je baragouine deux phrases banales, du genre « Ca va ? Tu as l'air en forme » et il ne répond pas. Il me jette un regard glacé dans lequel j'imagine toutes sortes de reproches : « Tu pourrais venir plus souvent », ou au contraire : « Pourquoi tu es là ? Je ne t'ai rien demandé ».

Je suis sûr qu'au fond, il me déteste. Je n'ai toujours été qu'un raté, pour lui. Lui qui a fait une carrière exemplaire dans l'Administration des Postes. Il a fini chef de centre et il a pris sa retraite à 57 ans et demi avec un diplôme du collègue le plus sympa, un porte-clé en argent avec son numéro de matricule gravé au dos et un magnifique set de valises assorties, avec renforts métalliques aux coins et roulettes escamotables. Sans oublier le pot de départ, le vin mousseux, les cacahuètes et le discours du Directeur

Régional assurant à l'assemblée que les Postes perdaient là un de leurs meilleurs éléments.

Qu'est-ce que je lui ai fait ? Cette question me hante sans cesse. Après tout, si je suis là, ce n'est pas moi qui l'ai décidé. Je n'ai pas demandé à venir au monde, je fais de mon mieux. Tout le monde ne peut pas faire une carrière de fonctionnaire modèle, gravir les échelons avec fierté. Je ne peux même pas entrer dans un bureau de poste de quartier sans avoir la gorge qui se serre. J'ai l'impression que l'employé du guichet me déshabille du regard en se disant : « Tiens, c'est Paul, le fils raté du chef. Il n'a vraiment pas l'air malin… ». Je déteste le jaune.

Il a toujours les yeux dans le vide et le visage fermé. Je n'en finis pas de retaper ce lit, moi qui ne fais jamais le mien. Je redoute d'avoir à m'asseoir sur la chaise, à côté de lui. Je m'y contrains. Aucune réaction de sa part. Il se comporte comme si j'étais transparent. Je lui raconte que mon boulot marche bien, que j'ai beaucoup de travail et que mon chef est content de moi. Toujours rien, je parle tout seul. J'enchaîne sur ma rencontre avec Sophie afin de m'écarter du sujet professionnel. Il tourne la tête vers moi, les lèvres pincées et m'adresse un regard désapprobateur. J'y lis : « Tu n'as pas le droit de faire ça à cette pauvre fille. Je ne la connais pas, mais je sais que tu ne la mérites pas. »

Je fouille mon sac, pour échapper à ses yeux, et j'en sors des revues que je lui ai achetées en venant. Je les pose sur la table, je sais qu'il ne les prendra pas de mes mains. Pas un mot. Je suis là depuis un quart d'heure et j'ai déjà envie de repartir en courant. Je voudrais fumer mais je sais qu'il considèrera cette toxicomanie comme la preuve de ma faiblesse de caractère. Je m'abstiens.

Par moment, j'ai des envies de meurtre. En finir, une bonne fois pour toutes. Mais non. Je sais que, même mort, il continuera de me persécuter. Je suis contraint d'attendre que le temps fasse son œuvre.

Je n'ai plus aucune attente le concernant. Au début, après la mort de ma mère, je pensais que nous allions être plus proches. En fait, il s'est replié sur lui même. J'ai cherché à le débusquer, en vain. Il s'est muré dans une forteresse. Avant, il me conspuait verbalement, maintenant, il n'y a plus que ses yeux qui m'insultent.

Une jeune infirmière fait irruption dans la chambre, tout sourire. D'une voix enjouée, elle lui annonce qu'elle vient le chercher pour le dîner et s'empare des poignées de sa chaise roulante. Je m'arrange toujours pour venir juste avant l'heure du repas, afin d'écourter ma visite. Il ne desserre pas les dents. Il attrape une enveloppe blanche qu'il gardait cachée sous sa cuisse, sur laquelle il a écrit mon nom, et me la tend. Je me lève pour la prendre et pose cet insupportable baiser sur son front en lui donnant rendez-vous dans un mois. Il ne bronche pas, n'esquisse pas l'ombre d'une réaction. La jeune femme l'emmène au réfectoire. Je ramasse mon sac et je quitte la pièce en prenant soin de leur laisser quelques minutes d'avance. Je ne veux pas me retrouver avec lui dans l'ascenseur.

Je traverse les couloirs blancs et verts, saisi par cette odeur d'éther que j'exècre, tant elle symbolise cet endroit. Toutes les portes des chambres se ressemblent. Pourtant, derrière l'une d'elle, je me dis qu'il y a peut-être de l'amour ; un fils qui serre son père dans ses bras pour le réconforter. Cette embrassade qui me fait tant défaut et que j'ai attendu pendant trente cinq ans. Je crois qu'aujourd'hui, je ne serais plus en état de l'accueillir. Le point de non retour est dépassé. Nos contacts physiques se limitent à mes lèvres et son front. Le minimum du lien filial, qui nous différencie de deux inconnus. Le plus difficile, c'est que je ne sais toujours pas pourquoi nous en sommes là. Qu'ai-je fait de si terrible pour mériter un tel bannissement ?

Lorsque j'étais enfant, je ne le voyais presque pas. Il rentrait tard le soir, j'étais couché. Il venait fermer la porte de ma chambre que ma mère laissait ouverte pour que la lumière du couloir me rassure. Jamais je ne l'ai vu passer la tête, juste pour me regarder, simplement pour le plaisir d'apercevoir son petit garçon au fond de son lit. Je veillais tous les soirs, dans l'attente de son retour. J'écoutais, le cœur battant, la porte d'entrée s'ouvrir puis se refermer. Je l'imaginais embrassant furtivement ma mère, se débarrassant de son manteau. Puis ses pas dans le couloir et ma porte se refermant sur le néant, comme mue par un fantôme. Je le croisais le matin, quelques fois, dans la cuisine, buvant son café debout dans son costume gris. Je me précipitais vers lui et il me stoppait dans ma course, sa main gauche tendue en rempart devant lui tandis que la droite éloignait son café de ses vêtements. Je déposais un baiser sur la joue qu'il me tendait puis il prenait son attaché-case et quittait la maison.

Les week-ends, il les passait enfermé dans son atelier dont l'accès m'était interdit. Il fabriquait des maquettes d'avion avec lesquelles je n'avais, bien sûr, pas le droit de jouer. Je rêvais devant ces modèles réduits qu'il exposait sur l'étagère du salon, sans avoir le droit d'y toucher. L'aviation, je l'ai compris plus tard, c'était son rêve inaccessible, le regret de sa vie.

Les portes de l'ascenseur s'ouvrent devant moi. Je rentre dans la cabine, perdu dans mes pensées. J'ai mal au ventre, comme chaque fois que je quitte cet endroit. A vrai dire, je suis dans le même état lorsque j'y arrive. J'ai l'estomac noué tout du long. Il faudrait vraiment que je sache pourquoi je viens.

Je remonte dans ma 206 et jette un œil automatique sur le foutoir étalé devant le siège passager. Je réalise qu'aujourd'hui, il n'a pas prononcé un mot. C'est la première fois. Je fais jouer l'enveloppe qu'il m'a remise dans mes mains. Elle est cachetée. Je l'ouvrirai chez moi.

*

Je quitte la maison de repos et j'appelle Sophie. Elle me manque déjà.

- Allo ?
- Sophie ? C'est Paul.
-Paul ! Tu vas bien ?
- Ça pourrait aller mieux, je sors de chez mon père.
- Comment va-t-il ?
- Difficile à dire. Il ne parle pas beaucoup. C'est chaque fois une épreuve pour moi.
- Mon pauvre amour. Tu rentres chez toi ?
- Oui. J'ai besoin de sommeil, je vais me coucher tôt. Et toi, tu bouges ce soir ?
- Non, moi aussi j'ai besoin de sommeil. On a un peu fait les fous, hier…
- Déçue ?
- Ça non. On recommence quand tu veux.
- Je tâcherais de revenir sur Lyon très vite.
- Le plus tôt sera le mieux.
- Je t'aime. A bientôt. Je t'appelle.
- A bientôt Paul.

Raccrocher est un déchirement. Je me sens abandonné. Peut-on tomber amoureux aussi vite ? Pourtant je sens que cette fois, c'est différent.

Des filles, j'en ai connues. La passion, je crois savoir la reconnaître. Mais là, avec Sophie, c'est autre chose. Il s'est produit une alchimie que je ne soupçonnais pas. Pour la première fois de ma vie, j'envisage la vie de couple. Partager tous les jours le même lit, la même salle de bain, le même panier à linge. Je veux bien voir ses culottes pendues sur le même fil que mes caleçons, sa brosse à dents posée à côté de la mienne.

Une soirée et une nuit, c'est peut-être un peu court, mais je suis sûr de ne pas me tromper.

7

Je pousse la porte de mon appartement. Une odeur âcre de vaisselle sale m'agresse la muqueuse nasale. Il règne dans mon salon un désordre raisonnable : quelques fringues qui traînent sur le canapé, des chaussures dans un coin de la pièce et des papiers éparpillés sur ma table de salle à manger. Une petite couche de poussière sur les meubles atteste que la femme de ménage n'est pas passée. C'est la deuxième fois qu'elle me fait le coup, je vais la virer. Je pose ma valise et mon sac et je jette la pile de courrier collectée dans la boîte aux lettres sur la table basse. Je retire ma veste qui va directement alimenter le tas sur le dossier du canapé. Je me sers un whisky et m'installe pour lire mon courrier. Pub, pub, facture, lettre de ROBILUX, facture… J'ai toujours une sorte d'excitation à l'idée d'éplucher mon courrier. Je suis un malade de la boîte aux lettres, comme si j'attendais une lettre qui allait changer ma vie. Pourtant je le sais, ce ne sont presque toujours que des mauvaises nouvelles. Je continue mon inventaire et je tombe sur la lettre que m'a donnée mon père. J'épluche les autres et la garde pour la fin.

J'ai fini. Je saisis l'enveloppe sur laquelle mon nom a été inscrit d'une main hésitante. Une angoisse profonde me submerge. Je me ressers un verre, pour me donner du courage. Une sourde intuition me suggère que la lettre qui va changer ma vie, c'est celle-là. Je l'ouvre, elle est courte. Je la lis d'une traite et je reste pétrifié quelques secondes. Puis je la relis, une fois, deux fois, dix fois, cherchant vainement le mot, la virgule qui va en changer le sens. Mais il n'y a plus de doute, tout est écrit là. La réponse à toutes mes questions tient dans ces quelques lignes écrites froidement, sans ménagement, sans émotion.

Paul,

Lorsque j'ai connu ta mère, je sortais d'une liaison avec une femme que j'aimais profondément. Nous avions voulu avoir un enfant, sans succès. Des examens ont confirmé que j'étais définitivement stérile et elle m'a quitté. Je n'en ai jamais parlé à ta mère. Lorsqu'elle a voulu, à son tour, avoir un enfant, j'ai fait semblant d'accepter, sachant pertinemment que ce serait un échec. Au bout d'un an, elle m'a demandé de faire des analyses, les siennes étant parfaites, et j'ai refusé, gardant toujours mon secret. Deux ans plus tard, tu es né. Elle a évoqué un miracle de la nature mais je savais bien que c'était impossible, mes résultats étaient formels. J'ai joué le jeu, sans rien dire, jusqu'à aujourd'hui.
Tu l'as compris maintenant, tu n'es pas mon fils et je ne sais pas qui est ton père.

Ne viens plus me voir.

Il n'a même pas signé. Je reste là, anéanti. Je n'arrive plus à faire le moindre geste. Mon cerveau s'est liquéfié, ma conscience est détruite. Je suis face à trente-cinq ans de vie à reconstruire, pierre par pierre. Un mensonge. Je suis le fruit d'une immense mystification. Un jeu de dupe dont je suis le jouet. J'ai été, toute ma vie durant, l'incarnation de la trahison. Je sais maintenant pourquoi il me déteste.

Pourquoi s'est-il tut ? La peur d'un nouvel abandon ?
Un orgueil incommensurable ?

Je trouve la force d'attraper la bouteille de whisky. Je
m'en verse un verre entier. Je le porte à mes lèvres,
m'arrête et le repose. Je regarde ma montre : 20H15. Le
temps de prendre une douche et de me changer et je peux
être à 22H30 chez Sophie. Je décide de ne pas la prévenir,
je ne suis pas en état de parler au téléphone.

8

J'attrape la bretelle d'autoroute « Avignon nord ». Je file sur l'A7, cette portion que j'ai empruntée cent fois. Je ne suis plus qu'un automate, la voiture connaît la route. Sur le pare-brise, la lettre de mon père semble gravée en surimpression, tant elle a imprégné mon cerveau. Je pourrais en faire une copie parfaite, à la virgule près. Je n'arrive pas à effacer ces mots de mon esprit, à en oublier la calligraphie. Cette écriture tremblante dans laquelle, je suis sûr, il n'y a pas une once d'émotion. Juste les stigmates d'un corps usé.

Il m'a balancé son secret en pleine gueule, comme ça, juste pour le plaisir de faire mal. Il aurait pu l'emporter avec lui, dans la tombe, mais non. Pourquoi se priver de la jubilation malsaine de m'enfoncer encore un peu plus la tête sous l'eau ?

Je passe en revue les épisodes de ma jeunesse, cherchant les traces de ce drame. Je ne les trouve pas. Ma mère, elle aussi, est apparemment passée à travers. Peut-être a-t-elle véritablement cru au miracle de la Nature. Je cherche dans mes souvenirs les traits d'un homme qui aurait pu me donner les miens. Peine perdue. On a toujours prétendu que j'étais le portrait de maman, même si j'avais du mal à dénicher cette ressemblance. Mon père naturel était sans doute un amant de l'ombre…

A hauteur de *Pierre-Bénite*, un éclair illumine la route. Je regarde mon compteur de vitesse : 155km/h au lieu de 110. Je suis bon pour un retrait de permis. Tant pis, j'ai d'autres chats à fouetter ce soir.

A cet endroit, l'autoroute longe les quais du *Rhône*. Facile de reconnaître le fleuve, à cet endroit là, la *Saône* s'est jetée dedans deux kilomètre plus haut. Lyon brille dans la nuit de mille petits points scintillants, puis le cours d'eau se sépare en deux autour de la *Presqu'île*. Je décide de couper par la place *Bellecour* pour rejoindre les quais de la *Saône*. Les badauds traînent leurs carcasses molles sur l'esplanade tandis que des amoureux s'embrassent au pied de la statue. Il est vrai que ce mois est celui des amours. L'air tiède de mai s'engouffre par la fenêtre ouverte de ma voiture qui roule à faible allure. Les premières nuits de printemps… La vie semble se ralentir et s'installer dans une douce torpeur provisoire. Bientôt, les rayons plus verticaux du soleil insuffleront une vitalité nouvelle, pleine d'hormones directrices. Les corps s'habitueront à la disparition de l'hiver et retrouveront peu à peu leur enthousiasme oublié. J'aime cette saison de la renaissance, lorsque la morsure du vent hivernal se transforme en caresse. J'aime voir la nature se déployer et reconquérir les espaces volés par l'hiver.

Je traverse la *Saône* pour rejoindre les quais opposés que j'empreinte en direction de *Saint Jean*. L'immeuble de Sophie se trouve légèrement en retrait. Je regarde l'heure : 22h30, parfait. Je tourne quelques minutes dans les ruelles, à la recherche d'une place de stationnement puis, en désespoir de cause, j'opte pour le parking payant. J'attrape le sac dans lequel j'ai réuni quelques affaires et je marche jusqu'à chez elle. J'ai le cœur battant, un mélange de douleur familiale et d'exaltation amoureuse. Je sonne à l'interphone.

- Oui ?

- Sophie, c'est moi, Paul.

- Paul !? Mais qu'est-ce que tu fais là ?

- Je t'expliquerai, tu m'ouvres ?

- Je ne peux pas, Paul.

- Allez, arrête de me faire marcher, ce n'est pas le moment.

- Je ne te fais pas marcher, je ne peux pas t'ouvrir, je… je ne suis pas seule.

- Comment ça, tu n'est pas seule ?

- Il y a quelqu'un avec moi, un homme.

- Mais…

- …

- Dis-moi que ce n'est pas vrai !

- Je suis désolée, Paul. Tu aurais dû appeler avant de venir.

Je suis planté sur le trottoir, comme un réverbère. Je suis incapable de bouger et de prononcer un seul mot. Comment ai-je pu être aussi stupide ? Je me suis trompé sur toute la ligne. Je pensais qu'il suffisait d'une nuit et d'une journée passées ensemble, je croyais qu'elle était amoureuse, elle aussi. Un coup parmi d'autres, voilà tout ce que je suis pour elle. Et là, elle se vautre dans le même lit avec un autre corps.

- Paul, tu es là ?

- Non…

Je tourne les talons, sans ajouter un mot. Le grésillement de l'interphone s'estompe lentement, au fur et à mesure que je m'éloigne. Je marche dans les rues comme un robot. Le printemps est un menteur, je ne l'oublierai pas. Je regagne la voiture et me laisse tomber lourdement dans le fauteuil. Sur le siège passager, la lettre de mon père trône comme une confirmation. Les néons du parking diffusent leur lugubre éclairage à travers le pare-brise et l'odeur d'urine s'insinue dans l'habitacle. Je suis liquéfié, anesthésié. Deux trahisons en moins de six heures, c'est plus que je ne peux supporter. Je voudrais tout effacer et recommencer à zéro. Je ne suis plus qu'une boule de papier gras en sursis jusqu'au prochain coup de vent...

*

Je suis sur mon fauteuil de voiture, sans bouger, depuis plus d'une heure. Mon corps est engourdi et des fourmilières se sont formées en haut de mes fesses. Je les sens qui tentent de coloniser mon anatomie. Des offensives ont lieu dans la région de mes reins, tandis que d'autres bataillons organisent une percée sur le dessus de mes cuisses. Mon cerveau observe l'attaque qui s'organise, sans réagir. Toute son armée est en pièce. La bataille qu'il a menée depuis l'après-midi a épuisé sa combativité. La résignation a gagné ses défenses, il ne peut plus lutter. Des agents ennemis infiltrés accentuent leur travail de sape en diffusant des messages subliminaux : « Tu n'es pas mon fils... Paul, je ne suis pas seule... ». Impossible d'organiser la moindre contre-attaque, l'assaillant est en surnombre. Je suis en train de me noyer, entraîné vers le fond par une lettre et un interphone. Je n'ai plus la force de me débattre. Mon sauveur, mon ultime rempart vient de me donner le coup de grâce. Je suis entre deux eaux, prêt à sombrer. Le renoncement a envahi tout mon être, toute ma volonté. Le visage de ma mère apparaît en transparence, sous la surface de l'eau. Elle me sourit. Pourquoi n'est-elle pas là, pour me tirer de cette mort certaine ? Le seul être sur lequel j'ai pu compter, tout au long de ma triste existence. Je repense à ses bisous sur ma joue d'enfant, à sa main qui essuyait mes larmes, à ses câlins qui calmaient toutes mes peurs. Pourquoi m'a-t-elle quitté si tôt, alors que je n'étais pas encore un homme ? J'ai besoin d'elle. Je veux sentir son souffle sur mon visage, je veux l'odeur de son parfum, la chaleur de son corps lorsque j'étais dans ses bras. Je veux sa main dans la mienne, pour me conduire sur les chemins de la vie. Je veux sa voix rassurante, ses encouragements bienveillants. Je pensais que Sophie, à sa manière, saurait la remplacer…

Une onde trouble la surface liquide puis se dissipe peu à peu. Le visage maternel s'est soudain durci. Ses lèvres bougent et j'approche mon oreille, pour mieux l'entendre. Sa voix résonne en écho dans ma tête, comme une évidence :

« Punis-la ! ».

*

Je me suis assoupi dans la voiture. Le réveil est difficile. L'horloge de bord indique 5h30. Je ne sais plus ce que je fais là. J'ai mal à la tête, ma bouche est sèche. La lumière blafarde du parking dispense toujours son halo lugubre. Mon corps n'est plus qu'une masse informe et endolorie. J'en distingue à peine les contours et il me semble impossible de le bouger. Mes yeux se perdent sur le paysage gris du mur parsemé de taches brunes. Des formes évocatrices s'y dessinent. Le corps d'une femme nue allongée se profile à la manière d'une grisaille. Elle semble offerte à l'assaut imminent d'un homme imaginaire. Ses hanches soudainement s'animent dans une contorsion provocatrice. Un genou se plie puis se détend, suivi d'un soulèvement ondulant du bassin. Sa tête penchée sur le côté disparaît presque entièrement sous sa chevelure châtain et me dissimule son visage. Je regarde cette parade nuptiale avec un certain dégoût. L'attitude est trop ostentatoire. Elle prend maintenant un rythme saccadé, des soubresauts animant le ventre à la manière d'un poisson échoué sur le rivage et cherchant à regagner l'eau. Un film humide a recouvert la peau qui luit faiblement. Le désir transforme son corps en appât qui se tortille comme une mouche au bout d'une ligne. Ses mains caressent son ventre puis remontent jusqu'aux seins tendus comme des obus.

Un homme en costume gris se tient debout devant elle. Il reste à bonne distance afin qu'elle ne puisse le toucher. Il observe le spectacle, sans sourciller. Il arbore l'assurance de celui qui sait qu'il détient la clé du plaisir. Il prolonge l'attente. L'agitation frénétique de ce corps lui procure une jubilation contenue mais légèrement perceptible. Il reste immobile un moment encore puis commence à retirer lentement ses vêtements. Il est bientôt nu mais son sexe reste mou. Il s'approche, se penche pour embrasser le cou de cette femme offerte. Elle se retourne brutalement et le repousse sans ménagement. Le visage de Sophie m'apparaît soudain. Elle est furieuse et l'insulte. Il esquisse un mouvement de retrait. Elle hurle, maintenant, en le chassant : « Je ne suis pas seule, va-t'en ! »

Une nausée irrépressible s'empare de moi. Mes intestins se déchaînent et se figent dans un spasme douloureux. Je perçois le sang quitter mon visage à la vitesse d'une vague refluant. Mon corps se glace et se tétanise en un bloc de pierre. Je sens des gouttes de sueur perler sous mes aisselles et s'étirer en longues traînées humides et froides. L'eau s'échappe de ma peau par tous les pores. Je ne suis qu'une flaque incertaine et ma chemise se plaque contre moi en auréoles foncées.

Je passe ma main sur mon visage pour effacer ces images destructrices. Dans un geste instinctif, je fouille ma boîte à gant, à la recherche d'un kleenex. Je tombe sur mon pistolet à grenaille, celui que je garde toujours dans ma voiture pour les rentrées nocturnes. Je fais jouer l'arme dans ma main. J'ouvre le barillet et j'en vérifie le contenu. Les six balles en laiton brillent comme des bijoux. Je sors de la voiture et je coince l'arme dans ma ceinture, sous ma chemise.

9

Je me suis planqué sous un porche, en face de l'appartement de Sophie. Je n'ai pas de plan précis. Je sais juste que je dois agir.

Le jour se lève sur Lyon et la portion de fleuve que j'aperçois au bout de la rue prend des allures de serpent doré. Une étonnante quiétude m'habite. L'air est encore frais, mais ma peau semble insensible à sa piqûre. Le bruit du moteur d'une voiture qui démarre un peu plus haut déchire le silence provisoire du quartier. La ville s'éveille lentement et je sais qu'elle ne tardera pas à grouiller. J'ai l'impression d'être en avance sur la vie, de la cueillir au moment de son éclosion. Cette sensation me procure un sentiment de puissance jubilatoire. Je suis le témoin de l'aube d'une humanité nouvelle, le seigneur du petit matin.

La porte cochère de l'appartement de Sophie s'ouvre soudain sur une femme en tailleur gris et chignon impeccable. Elle enjambe maladroitement le seuil en bois surélevé, levant exagérément ses pieds chaussés d'escarpins à talons hauts, puis s'éloigne d'un pas vif et court. Je bondis de ma cachette et atteint la porte avant qu'elle n'ait eu le temps de se refermer.

Le hall et l'escalier sont déserts. Je commence à gravir les marches vers le quatrième étage. Une détermination froide me guide. Arrivé au deuxième pallier, la lumière s'éteint dans un claquement de minuterie. Les fenêtres en meurtrière de la cage d'escalier laissent pénétrer une très faible lueur. Je m'arrête et laisse mes yeux s'habituer à la pénombre. Au quatrième niveau, je m'approche de la porte de Sophie. J'y colle mon oreille : tout est silencieux. Le judas m'observe de son œil cyclopéen. Mon rythme cardiaque s'accélère et des sueurs froides sillonnent mon corps. Je regarde ma montre : 6H15. Ils doivent dormir, imbriqués l'un dans l'autre, les corps fourbus de leurs ébats nocturnes.

Le souvenir de la douceur de sa peau imprime encore le bout de mes doigts tremblants. L'odeur de son corps est toujours présente dans mes narines. Son sourire caresse encore mes yeux. Sa voix berce mes oreilles. Pourquoi ? Pourquoi m'a-t-elle trahi ? Comment peut-elle dormir dans ce lit avec un autre type ? Pourquoi ne m'a-t-elle réservé, définitivement, son intimité ? Pourquoi n'a-t-elle pas pour moi les mêmes sentiments que j'éprouve pour elle ?

Ce n'est qu'une catin ! Une débauchée ! Une nymphomane assoiffée ! Un feu au cul, voilà ce qu'elle est !

J'essaye de retrouver mon calme. Le manque de sommeil a transformé mon corps en une enveloppe suintante et nauséeuse qui me le rend presque étranger. Mes jambes ne me tiennent debout qu'au prix d'une douleur sourde et diffuse. Mes mains tremblent et le pistolet coincé dans ma ceinture meurtrit ma chair.

Une dernière hésitation m'assaille ; tourner les talons, tirer un trait sur tout ça. Oublier Sophie, l'abandonner à sa triste existence de chasseuse de corps. La laisser noyer ses angoisses dans une inepte débauche charnelle qui éteint provisoirement l'esprit et apaise les corps révoltés. Je connais cette quête inutile et vaine. Cette satisfaction immédiate et stérile, cette fuite temporaire face à la réalité frustrante. Mais je connais aussi les blessures de l'âme qui l'accompagne, les retours destructeurs au réel. Le plaisir du corps et l'assoupissement de l'esprit ne règlent rien de définitif. Tout juste une parenthèse qui se paye au prix fort.

Un bruit de clé résonne dans la cage d'escalier, deux étages plus bas. Je réalise soudainement le grotesque de la situation. Il est 6h30 du matin, je suis devant la porte de ma maîtresse qui dort avec un autre homme et je me perds en conjectures pseudo-psycho-philosophiques. Comment en suis-je arrivé là ? Que suis-je venu chercher devant cette porte ? Je m'efforce de retracer le cours de ses dernières heures mais mon esprit fatigué jette l'éponge. Sans y penser vraiment, je plaque de nouveau mon oreille sur la porte. Toujours le silence. Cette insupportable absence de trace de vie qui nourrit l'imagination de pensées destructrices.

J'appuie soudain sur la sonnette, comme ça, sans savoir pourquoi, sans idée précise. Un acte aussi irréfléchi qu'irrépressible.

*

Je me suis plaqué contre le mur, tremblant. Je ne sais pas ce qui m'a pris d'appuyer sur ce bouton et la réalité de cette stupide action me saute maintenant à la gorge. Le sang qui afflue par saccade dans mon visage trouble mon audition et m'interdit de percevoir les conséquences sonores de mon acte. Je voudrais me fondre dans le mur, n'être plus qu'une tâche de salpêtre anonyme. J'attends, impuissant, le spectacle inévitable de ma déchéance prochaine. Je cherche une issue pour échapper au ridicule mais il est déjà trop tard pour reculer : la voix ensommeillée de Sophie s'élève déjà derrière la porte.

- Qui est là ?

Je ne réponds pas, j'ai trop honte de moi. Sophie réitère sa question. Je ne bouge pas. J'imagine qu'elle scrute le palier par le judas, mais elle ne peut pas me voir. Je prie pour qu'elle retourne se coucher, mais j'entends la clé tourner dans la serrure. La panique me saisit, je vais être découvert. En un éclair, je prends la décision qui me paraît la moins ridicule : faire face.

La porte s'entrouvre. Une faible lumière éclaire l'entrée de son appartement. Sophie est vêtue d'un caleçon et d'un tee-shirt. Son parfum m'envahit instantanément.

- Paul ? Mais qu'est-ce que tu fais-là.

- Excuse-moi Sophie. Je sais que tu n'es pas seule, je ne sais pas ce qui m'a pris, c'était plus fort que moi. Pardonne-moi, je te laisse.

Je m'apprête à repartir lorsque le visage d'un homme apparaît dans l'entrebâillement de la porte de sa chambre. Mon expression se fige. Sophie tourne la tête vers lui et se décompose. Mon sang se solidifie dans mes veines et une colère froide monte en moi. Je force le passage en hurlant.

- Dis-moi que ce n'est pas vrai !

Le sourire un peu tendu, Michaud apparaît, totalement nu. Ce porc, avec Sophie ! Il se replie dans la chambre. J'entre avec fracas. Sophie referme la porte d'entrée.

- Paul, attend, me crie-t-elle.

Michaud est derrière le lit. Il enfile un caleçon en hâte. Il n'en mène manifestement pas large. Une fois son intimité recouverte, il reprend de l'assurance.

- Paul, dit-il. Nous sommes des adultes, comportons-nous comme tel.

- Adultes mon cul ! Tu n'es qu'une fiente !

Il fait mine de s'approcher de moi. Je dégage le pistolet de ma ceinture et, dans un geste fou, je lui tire deux balles en pleine figure. Il s'écroule. Une expression d'effroi s'est peinte sur son visage qui baigne maintenant dans une marre de sang. Sophie s'est mise à hurler. Je pointe mon arme vers elle.

- Ta gueule !

10

Sophie est roulée en boule, sur la banquette arrière de ma voiture qui file vers Avignon. Elle est choquée, elle grelotte. Je ne lui ai pas laissé le temps de s'habiller. Elle a enfilé à la hâte une doudoune longue sur son tee-shirt et son caleçon. Je l'observe dans le rétroviseur. Je monte un peu le chauffage. Mon pistolet est posé sur mon siège, entre mes cuisses.

Je conduis comme un automate, je ne suis plus vraiment aux commandes de mon corps. Les images de Michaud baignant dans son sang s'affichent stroboscopiquement sur ma rétine. J'ai conscience que tout s'est passé très vite, trop vite. Je n'ai eu qu'un dixième de seconde pour prendre une décision. Il a fallu que ce con de Michaud fasse le malin, qu'il m'accule. Son visage s'est déchiré sous l'impact de la grenaille, comme une épluchure d'orange. Sophie n'arrêtait pas de hurler. Son cri me lacérait le cerveau. Je l'ai giflée et elle s'est arrêtée, figée. Je suis resté immobile un moment, guettant l'éventuelle réaction du voisinage, les yeux vissés sur le corps inerte de Michaud. J'ai traîné Sophie jusqu'à la chambre, jeté quelques unes de ses affaires, au hasard, dans un sac de sport et nous sommes sortis, chaussures à la main. L'immeuble était calme et elle me suivait sans résistance. Je n'ai pas eu besoin de la menacer. Elle était groggy et je crois qu'elle m'aurait suivi de la même façon si j'avais voulu sauter par le balcon. Nous avons marché jusqu'à ma voiture où elle s'est pelotonnée sur la banquette arrière. Et maintenant, nous roulons vers Avignon.

Le ronronnement et la chaleur de la voiture me distillent un sentiment de quiétude fœtale. Les premiers rayons blancs du soleil baignent l'habitacle. Le temps est splendide, ce matin, et le bleu pur du ciel me confère un optimisme inopportun. Je file sur l'autoroute, sans but précis. Je n'ai pas encore eu le temps d'évaluer véritablement la situation. J'ai agi par instinct, dans une situation débordante. Mon esprit est clair, pourtant, et il appréhende ces événements tragiques comme des faits : j'ai tué Michaud, j'ai embarqué Sophie et je file vers le sud. Point. Tout est limpide, sans affect. Je tourne la tête vers la droite. Ma mère est assise sur le siège passager et elle me sourit. Je sens son approbation dans son regard et je lui souris à mon tour. Elle se penche vers moi, me susurre quelque chose à l'oreille puis pose un baiser sur ma joue. Quelle idée géniale…

11

Je bifurque à la sortie *Avignon-sud*. Je règle le péage en liquide, machinalement. Cette manœuvre m'arrache un sourire ; j'ai l'habitude de payer en espèces lorsque je ne veux pas que Michaud connaisse mon itinéraire...

La grosse femme de la cabine me rend la monnaie au moment où je réalise que mon pistolet est toujours sur le siège, entre mes cuisses. J'envisage de la buter au cas où elle l'apercevrait mais elle ne semble pas le remarquer.

Je suis la nationale puis j'oblique vers une route secondaire bientôt déserte. Après quelques kilomètres, j'emprunte un chemin de terre herbeux qui me conduit jusqu'à la maison de mon père. La petite bicoque ne paye pas de mine, de l'extérieur, et les volets fermés lui confèrent un air d'abandon. Il n'y a pas remis les pieds depuis près de quatre ans. Maman a raison, c'est le meilleur endroit pour cacher Sophie. Je contourne la maison et gare la voiture à l'abri sous les arbres. L'atelier en bois me paraît étrangement plus petit que dans mes souvenirs, mais il fera l'affaire. Maman m'a aussi dit que la clé était cachée sous le pot de fleurs.

Je reste un moment immobile, moteur en marche. Le ronron de la mécanique en action me procure une sérénité que je n'ai pas envie d'abandonner trop vite. Mes yeux parcourent le cabanon avec la fascination d'un enfant qui contemple ses propres blessures ; un mélange d'angoisse, de peur et d'émerveillement. Je réalise que je n'y ai jamais mis les pieds. Cet endroit qui m'a toujours été interdit reste pour moi un lieu quasi sacré. C'est un grand

« NON », un territoire que je pensais définitivement inaccessible. Je me souviens pourtant avoir essayé, lorsque j'étais enfant, de braver l'interdit. Mon père y était enfermé depuis plus de deux heures et j'avais tenté de monter sur une haute caisse en bois pour en apercevoir l'intérieur par la petite lucarne. La caisse, rongée par l'humidité, avait cédé sous mon poids et je m'étais étalé de tout mon long dans un fracas de planches brisées. J'avais eu a peine le temps de me relever pour voir arriver la main de mon père sur ma joue, dans une claque magistrale. Une gifle, juste une gifle ; rien d'autre. Je crois que ce fut ça le plus difficile à digérer. Il est sorti de son antre, m'a administré une terrible baffe et il est retourné, sans un mot, à son atelier. Je n'avais pas besoin d'un long discours, je savais pertinemment que j'avais désobéi et que je m'étais fait prendre en flagrant délit. Mais cette absence de remontrances m'avait fait plus de mal que le coup lui-même. Ca voulait dire : « Non seulement cet endroit t'est interdit et ce n'est ni négociable, ni discutable », mais ça voulait dire aussi : « Tu ne vaux pas la peine que je t'explique ».

Je me décide à couper le contact. Je jette un œil dans le rétroviseur, Sophie s'est endormie. Je sors de la voiture et repousse délicatement la porte pour ne pas la réveiller. Je trouve la clé sous le pot de fleurs, comme prévu. Je m'approche de la porte de l'atelier et l'introduit dans la serrure. Cette action m'apparaît comme une défloraison. Le mélange d'excitation et d'angoisse évoque lui-même l'acte sexuel : une confusion d'envie d'en finir et de retarder le dénouement.

Le mécanisme se débloque en un clic métallique lors de la première rotation. Le verrou est parfaitement graissé, il fallait s'y attendre : un fonctionnaire des Postes est finalement terriblement prévisible. J'imagine la fureur que connaîtrait mon père s'il pouvait me voir violer son refuge. Le sanctuaire où sa rage d'avoir été trahi se canalisait dans des activités de précision. Je devine son esprit bouillonnant de rancœur secrète tandis qu'il assemblait de petites pièces en bois avec des pinces de modélisme. J'envisage les maquettes brisées d'un coup de poing rageur lorsque la pression psychique était trop grande. J'en viens presque à ressentir de la compassion pour cet homme détruit. Mais les douleurs d'enfance meurtrie m'interdisent cette faiblesse. Je réalise, que, de surcroît, je suis là, avec un meurtre sur la conscience, un peu par sa faute. Jamais je ne serais retourné à Lyon hier soir sans cette lettre qu'il a écrite dans le seul but de me faire souffrir davantage.

Je pousse la porte doucement afin de découvrir progressivement le lieu de mes fantasmes douloureux. Un panneau recouvert d'outils répertoriés m'apparaît d'abord. Je devine le contour dessiné au feutre précisant l'emplacement de chacun. Un numéro est inscrit sous chaque clé plate, pour en repérer le diamètre. Puis un coin de l'établi apparaît dans l'encoignure. Un modèle réduit de « Constellation » inachevé trône sous une lampe à ressort. J'ai appris à reconnaître les avions. Avec l'argent de poche que me donnait en cachette ma mère, j'achetais des magazines d'aéronautique que je cachais sous mon lit. Chaque soir, avant de m'endormir, j'en feuilletais les pages, m'appliquant à retenir le nom des machines qu'ils présentaient. J'espérais attirer l'attention de mon père en désignant par leur appellation technique les modèles qu'il exposait sur l'étagère du salon. Mais il ne répondait que par un « oui » indifférent et lapidaire à chaque fois que je lui désignais un avion par son nom.

Mon regard s'attarde sur la petite lucarne de ma désobéissance. Elle me semble dérisoirement petite. Puis mes yeux vont et viennent du sol au plafond. Au fond, un vélo est suspendu à deux crochets en fer ; un seul vélo, le sien ; tout un symbole. Les outils de jardinage sont pendus à des clous rouillés au dessus desquels leur nom est inscrit au feutre noir. A droite, des boîtes s'empilent sur une étagère, toutes étiquetées de leur contenu. Sur un établi plus rustique, un gros étau ouvre une mâchoire béante. Plus loin, des chaînes pendent du plafond. Tout est étonnamment propre. Il a dû faire le ménage avant de partir pour la maison de retraite.

Je n'aurais jamais imaginé qu'il décide de quitter la maison. Je pensais qu'il y mourrait. Il y a vécu quinze ans après le décès de ma mère puis, un beau jour, m'a annoncé, lors d'une de mes visites mensuelles, qu'il partait pour le Domaine des Vieilles Tours. J'ai su plus tard, par le médecin de l'institut, qu'une vilaine maladie des reins l'astreignait à une dialyse quotidienne. Lui n'en n'a jamais parlé et j'ai toujours feint de l'ignorer.

Un rayon de soleil traverse la petite fenêtre et vient s'écraser sur la queue du « Constellation ». Je m'approche de la maquette puis parcours des yeux le tableau des outils. Lentement, dans un geste fondateur, je saisis le marteau et j'écrabouille l'avion en mille morceaux.

12

Je me suis acharné à détruire le modèle réduit. D'abord avec rage puis méticuleusement, morceau par morceau. Le balsa s'est déchiqueté en lamelles, marquées par endroit de l'empreinte de la tranche du marteau. Le caractère transgressif et œdipien de l'action m'amuse autant qu'il me soulage. Il me semble que ma vie commence aujourd'hui, sous l'augure d'un crash aérien. Mon héréticité secrète d'enfant vient de se muer en schisme destructeur. Les tables de la Loi viennent de voler en éclats sous les coups de mon poing vengeur. La vie reprend ses droits. Puis mon sang se glace dans un frisson électrique et je me retourne violemment.

Sophie est dans l'encadrement de la porte. Ses yeux, même ensommeillés, trahissent une peur sourde. Le visage hagard et obscurément dément qui accompagne mon autodafé ne la rassure manifestement pas. Je me mets à sa place : je viens de tuer son amant, l'ai traînée à deux cents kilomètres de chez elle et m'applique à détruire consciencieusement une maquette dans un atelier perdu au milieu de la campagne. De quoi avoir la trouille. Pourtant, mes sentiments à son égard sont partagés. Sa fragilité, sa féminité même, m'inclinent à vouloir la protéger, la rassurer. Mais la blessure de sa trahison m'inspire des pulsions contraires.

Ses lèvres esquissent un presque imperceptible mouvement suggérant qu'elle va parler puis elle se ravise. Comme si elle devinait l'ambiguïté de mes émotions la concernant. Le silence est sans doute sa meilleure protection. Il me laisse flotter en équilibre fragile, celui de mon incertitude. Les femmes possèdent-elles vraiment ce don de prescience ? Savent-elles saisir la précarité d'une situation apparemment stable ? Ont-elles une supra-conscience de la capacité de dégénérescence des événements ?

Je plante mon regard dans ses yeux, à la recherche de l'étincelle qui ferait pencher la balance de son côté. Une petite lueur qui la rapatrierait, définitivement, dans le bon camp. Elle semble, là encore, deviner cette quête. Alors, doucement, un sourire se dessine sur ses lèvres et s'épanouit d'instant en instant. Un sourire charmeur, une séduction labiale.

Mauvais calcul. L'artifice est trop ostensible. La chasseresse est trop visible derrière l'appât. M'aurait-elle sous-estimé ou bien est-elle trop sûre de sa technique ? Son expression la trahit, inexorablement : la même qu'elle m'a servie un jour plus tôt et, sans doute, quelques heures avant à feu-Michaud-le-con.

Je ne saurais dire si le stratagème vise davantage à endormir mon esprit atrabilaire qu'à réveiller une libido dérivative. La posture elle-même est indécente : l'épaule appuyée contre le chambranle, la tête penchée sur la clavicule. Une parade nuptiale hors sacrement, une tentative désespérée et calculatrice d'apaiser la fureur du mâle dans une suggestion pré-coïtale. Une technique de bonobos.

Tout compte fait, on n'échappe pas à sa nature, tout juste peut-on l'apprivoiser. L'Espèce nous a donné la force, aux femmes Elle a transmis le secret de nos points faibles. L'équilibre est sauvegardé malgré l'altérité de nos constitutions.

Je réalise soudain que je me laisse emporter par sa manœuvre. La conscience de cette manigance n'altère pas le désir qui s'immisce quelque part entre mon hypophyse et mon bas ventre. Pourquoi ne pas succomber sans être dupe ? La précarité de sa position laisserait en outre toute latitude à ma libido de s'exprimer sans risque de se voir opposer le moindre refus. Elle doit pertinemment savoir que la moindre résistance pourrait réanimer la colère qu'une totale soumission canaliserait, puis éteindrait tout à fait dans l'apathie de la post-fulgurance de l'orgasme masculin.

Mes yeux parcourent son corps par l'ouverture de son manteau. Ses seins durcis par le froid tendent son tee-shirt dans un pli sternal. Le caleçon court souligne ses cuisses pâles. L'idée de sa soumission prochaine me déclenche une érection incroyable. Ses yeux me parcourent, eux aussi. Lorsqu'ils buttent sur la bosse qui se dessine au niveau de ma braguette prête à exploser, son sourire s'agrandit. Elle pense qu'elle a gagné. Cette déformation locale de mon anatomie s'affiche comme une victoire. En un sens, elle a raison, mais ce qu'elle ignore, c'est la précarité de son succès. Je lui laisse, en fait, gagner une petite bataille pour mieux la manœuvrer ensuite.

Sans la quitter des yeux, je lui fais signe d'approcher avec la main. Je me sens comme le mâle dominant d'une harde de bêtes sauvages qui condescend à honorer la femelle suppliante. Lentement, dans un dosage savant de soumission à l'injonction et d'apparent libre arbitre, elle avance vers moi. La démarche d'une lascivité féline brouille mes sens. Mon sexe me fait mal tellement il est maintenant à l'étroit dans mon pantalon. La femelle arrive enfin à portée de main. Je l'empoigne par les épaules et la dépose fermement sur l'établi. Ses jambes pendent dans le vide et j'écarte son manteau. Je passe mes mains sous son tee-shirt. Ses seins sont lourds, chauds et roulent dans mes mains. N'y tenant plus, je lui retire violemment son caleçon, le déchirant en partie et je m'agenouille devant sa fente humide. Je lui lèche goulûment la chatte qui dégouline. Elle est animée de quelques soubresauts ponctués de soupirs charnels. L'excitation qui s'est emparée de moi me fait tourner la tête. Je déboutonne en vitesse mon falzar et la retourne sur la table. Sans attendre, je m'enfonce dans son anus. Ses gémissements oscillent entre le plaisir et la douleur, mais il n'est de toute façon pas question que je m'arrête ; le plaisir arrive déjà à son paroxysme. Je me cambre pour enfoncer ma bite jusqu'à la garde et décharge dans un grognement bestial. Fulgurance stroboscopique… Mes yeux se révulsent, les endorphines se répandent dans tout mon organisme, la tension retombe. Je me laisse choir sur son dos, sans ménagement, et lui arrache un cri. Lorsque j'avale ma salive, je prends conscience de ce goût qui m'est familier. Je colle ma langue plusieurs fois sur mon palet pour mieux l'apprécier. Ce n'est pas le nectar de sa chatte, non c'est autre chose. Cette fragrance légèrement ammoniaquée, c'est, c'est… du sperme. En lui léchant la fente, j'ai bouffé du sperme de Michaud ! Salope !

J'attrape le marteau et je lui fracasse la tête.

13

En arrivant chez moi, je jette machinalement un coup d'œil au led du répondeur. Pas de message. La grosse horloge Ikéanienne indique 14H30. L'après-midi commence, je me sens fringant comme un jeune marié le soir de sa nuit de noce ; le sentiment que le plus dur est passé, que le protocole a été respecté et qu'on va pouvoir en venir aux choses sérieuses.

Je refais mentalement ma check-list : j'ai brûlé mes fringues pleines de sang dans un bidon en fer, sur le terrain de mon père et j'ai répandu les cendres au pied des massifs. J'ai découpé Sophie en plusieurs morceaux que j'ai plongés dans le bac d'acide de l'atelier. En quelques jours, il ne devrait plus rester grand-chose. Je mets la main dans la poche de mon blouson : ses dents sont bien là. J'ai eu plus de mal que prévu à lui arracher avec la tenaille. J'irai les jeter dans la Durance tout à l'heure. Dans l'autre poche, le flingue. J'ai limé le percuteur et rayé l'intérieur du canon avec une chignole. Il ira aussi dans la rivière, à un autre endroit.

Pour finir, j'ai remis l'eau en service et j'ai nettoyé les traces de sang dans l'atelier. Le sol en béton aura le temps de sécher avant que quelqu'un ne songe à venir chercher par-là. Enfin, j'ai mis la voiture sur la route goudronnée et je suis revenu noyer les traces de pneus avec le tuyau que j'ai ensuite remis à sa place. J'ai regagné ma voiture en chaussettes, godasses à la main pour ne pas laisser d'empreinte. Et je n'ai pas oublié, non plus, de remettre la clé à sa place, sous le pot de fleurs, après l'avoir soigneusement essuyée. En allant jeter les dents et le flingue, j'irai laver ma voiture, comme toutes les semaines. Voilà, je crois que je n'ai rien oublié.

Une satisfaction délicieuse m'envahit. Je me délecte de ce double crime parfait. Je vois d'ici le raisonnement du petit flic chargé d'enquêter sur la disparition de Sophie et Michaud : Perquisition chez Sophie. Il trouve Michaud à moitié à poil, la gueule déchiquetée et plus de Sophie. Conclusion : elle a flingué son amant et s'est fait la malle. Il va la chercher quelques temps puis il se lassera de ne pas la retrouver. Dans quelques années, il classera l'affaire.

Je me laisse tomber dans le canapé, les mains derrière la nuque, un sourire un peu niais sur les lèvres. C'est bon, c'est tellement bon. Je me sens indestructible. Un état d'âme que je n'ai plus guère ressenti depuis mon adolescence, cet âge où l'on sent le monde à ses pieds. A cette époque, j'aurais bouffé la planète toute crue. Une impression purement mentale mais dont la force s'imprimait jusque dans mes tripes. Une certitude d'inexpugnabilité totale, inexplicable mais bien réelle. Autrefois, j'avais envie et je me foutais bien de savoir de quoi ! J'avais simplement envie, c'était suffisant. Je crois que c'est lorsque l'on sait de quoi on a envie que la vie bascule, que l'on est inexorablement entraîné dans le monde des adultes ; et c'est une véritable descente aux enfers…

Mais j'ai brisé le sortilège, l'envoûtement s'est délité dans la transgression. Je me suis mis irrémédiablement hors jeu. Je contemple la vie de haut, assis sur le bord la Lune, les pieds dans le vide.

La sonnerie du téléphone retentit, stridente, envahissante. Une véritable effraction. J'imagine, un quart de seconde, que c'est Michaud qui m'appelle pour notre entretien hebdomadaire. Mais je comprends aussi vite que, globalement, il y a peu de chance.

- Allo ?
- Salut Paul, c'est Philippe.
- Salut Philippe, quoi de neuf ?
- T'as eu Michaud, ce matin ?
- Non, pas encore.
- Bizarre, j'ai appelé les autres et personne ne l'a eu. Lui qui est réglé comme du papier à musique…
- Il était peut-être en retard, ce matin ; un détour chez le teinturier…
- T'es con ! Bon, on se tient au courant.
- Ok, salut Philippe.
- Ciao Paul.

J'ai presque eu envie de lui dire que ce con de Michaud ne viendrait plus nous casser les pieds, mais ne nous laissons pas emporter. Il le découvrira bien assez tôt. Dommage, les copains ne sauront jamais ce qu'ils me doivent…

*

Mes yeux clignotent, paupières fermées. Mon esprit s'agite excessivement, de manière désordonnée. Quelque chose le dérange, mais je ne sais pas quoi. Une onde stridente me perfore les tympans. Mes yeux s'ouvrent lentement, agressés par la lumière du jour. Je suis étendu sur mon canapé, tout habillé. Un instant de perdition totale puis la raison prend le contrôle sur le réel, en un éclair : Je me suis endormi, hier, après le coup de fil de Philippe. Le contrecoup de presque quarante huit heures de veille compensées par dix neuf heures de sommeil, si j'en crois l'horloge suédoise… Alors que je retrouve mes esprits, la sonnerie du téléphone qui sature la pièce semble reprendre un niveau sonore plus convenable. Je marche, embrumé, jusqu'au bureau et je décroche :

- Allo ?

- Paul, c'est Monsieur Guignard à l'appareil. Je suis bien content de vous trouver.

Voilà qui ne manque pas d'ironie. Michaud aurait hurlé de me trouver à la maison plutôt que sur le terrain.

- Monsieur le Directeur, repris-je un peu lèche-bottes, que puis-je pour vous ?

- Paul, il arrive un très grand malheur. Mr Michaud est mort.

- Mort ? Mais quand, comment ?

- Je ne peux rien vous dire pour le moment, mais la police va vous appeler, comme tous vos collègues.

- La police ?

- Oui Paul. Ce n'est pas un accident. Je ne peux pas vous en dire plus. Les policiers m'ont juste demandé de vous prévenir tous.

- Très bien, je ne bouge pas, ils peuvent m'appeler.

- Merci Paul, on se tient au courant. Au revoir.

- Au revoir Monsieur le Directeur.

Je reste un moment interdit. Comment les flics ont-ils pu remonté si vite jusqu'à chez Sophie ?

14

Je suis assis dans le bureau de ce flic depuis dix minutes et je ne me sens pas très à l'aise. Les locaux sans doute : vétustes, presque sales. Les boiseries sont recouvertes d'une peinture marron écaillée. Des classeurs gris s'empilent sur des étagères métalliques déglinguées. Deux bureaux en fer se partagent la pièce exiguë dans un lugubre face à face. Dans un coin, le lino marbré semblable à celui du lycée de ma jeunesse se décolle en s'enroulant sur lui-même. L'odeur de vieux papier sature l'atmosphère et même la plante verte en plastique qui trône sur une chaise en bois semble se flétrir.

J'attends l'inspecteur auquel je dois être confronté. Je ne l'ai pas encore vu. Le planton m'a conduit jusqu'à son bureau, m'assurant qu'il n'allait pas tarder. Enquête de routine. Tout le personnel de ROBILUX a été entendu par la police. Compte tenu de l'éloignement des commerciaux, l'interrogatoire a été confié aux commissariats locaux de leurs lieux de résidence. Il n'y a pas de raisons de paniquer. J'ai pensé à tout, il n'y a aucune raison que je sois soupçonné.

La porte s'ouvre sur un petit homme à la démarche bancale. Des traits épais de son visage percent deux yeux vifs au léger strabisme. Les cheveux grisonnants et rebelles s'élancent dans une débauche d'épis contraints tant bien que mal de la base de la raie qui forme un « V » volumineux sur le haut du front. Son imperméable beige arbore des traces de cendres en provenance du gros cigare qu'il tient coincé entre son index et son majeur. Je suis saisi, j'ouvre la bouche pour parler mais les mots restent coincés dans ma gorge ; il les prononce pour moi.

- Bonjour Monsieur. Je suis l'inspecteur Colombo de la brigade criminelle d'Avignon.

Je reste pétrifié. Qu'est-ce que Peter Falk vient foutre dans ce commissariat. La bouche entrouverte, je suis toujours incapable d'émettre le moindre son. Même la voix est celle du feuilleton. Non, ce n'est pas possible...

Il s'assoit en face de moi et pose ses coudes sur le bureau, son cigare vissé entre les doigts, la tête légèrement penchée sur le côté. Un petit sourire navré s'affiche sur ses lèvres.

- C'est incroyable, hein m'sieur.

Je le dévisage, incrédule, lorsqu'il éclate de rire en me tendant la main pour que je la lui serre.

- Inspecteur Bourgues, dit-il en riant. La ressemblance est stupéfiante, ajoute-t-il visiblement satisfait de son effet.

Je lui serre la main, encore abasourdi.

- C'est à cause de mes collègues : à force qu'il m'appelle Colombo en raison de ma ressemblance avec Peter Falk, je me suis pris au jeu. J'ai un peu travaillé le rôle, la tenue vestimentaire, la voix, le cigare... Il m'arrive parfois de penser que je suis vraiment Colombo.

Je reprends pied peu à peu. Cette imposture m'a déstabilisé. Quel con ce flic !

Il enlève son imper et le jette sur une chaise. Je garde les yeux braqués sur lui, hypnotisé. Je pressens que je n'arriverai jamais à me mettre dans la tête que ce type n'est pas Colombo. Mon cerveau reste verrouillé sur sa première impression, incapable d'accepter la véritable identité pourtant bien plus crédible de ce flic. Un vrai malaise s'empare de moi ; je suis un fan de la série et je sais que le lieutenant démasque toujours le coupable...

Des sueurs froides s'immiscent sous ma peau et en ressortent en gouttelettes nauséabondes. D'imperceptibles tremblements s'emparent de mon corps que je sens maintenant se liquéfier. Colombo va me laminer, c'est sûr. Il va m'abrutir d'une insipide conversation puis me glisser une phrase anodine qui me fera commettre une erreur. Je le connais par cœur, son manège ; je guette à chaque épisode le moment fatidique où il pousse, mine de rien, sa proie à la faute, mais je n'arrive jamais à détecter à l'avance la question qui tue.

Je m'efforce de reprendre contenance, de me rassurer. Je me martèle mentalement que ce gars n'est qu'un bouffon qui se prend pour un autre, que c'est sans doute un petit flic moyen qui va me poser des questions classiques et qui, à aucun moment, n'imaginera que je puisse être le coupable. Je me conforte en me disant que tout accuse Sophie, tant qu'on ne l'a pas retrouvée.

L'inspecteur n'en finit pas de faire son show. Tout dans ses postures, ses mimiques, est savamment composé. Ce n'est plus une caricature, c'est un clone. Je m'attends d'un moment à l'autre à ce qu'il lève sa main et me dise : « Ah, au fait, j'ai oublié de vous demander... » Tout cela pourrait s'avérer pitoyable si la force de l'image ne continuait de me tyranniser. Je flotte au gré des vagues et des creux de mes émotions et de ma raison, sans que l'une d'elles n'arrive véritablement à prendre le dessus.

Il s'installe derrière le bureau, face à moi, et fouille dans les poches de sa veste, dans une vaine recherche singée. Il n'y a pas de doute, ce type est accroc. Sa véritable personnalité s'est effacée devant celle de son idole. Il finit par extirper un calepin à spirales et un morceau de crayon. Il effeuille rapidement les pages de son carnet puis coince sa tête dans l'angle formé par le pouce et l'index de sa main ouverte, mimant une réflexion ostensible.

- Oui, voilà... Vous êtes Paul Vallardi. Vous travaillez pour la société ROBILUX, n'est-ce pas.

- C'est exact.

- C'est à propos de la mort de votre patron, monsieur Michaud. Vous êtes au courant, je crois ?

- Monsieur Guignard, le Directeur de l'entreprise m'a en effet appris cette tragique nouvelle. Que s'est-il passé, au juste ?

- Oui, c'est une triste histoire, monsieur. Votre patron a été tué par balle.

Je ne supporte pas la façon qu'il a d'évoquer Michaud comme étant mon patron. « L'autre gros con » m'aurait convenu davantage.

- Par balle ! Mais comment est-ce arrivé ?

- C'est ce que je cherche à savoir, monsieur. Vous lui connaissiez des ennemis ?

- A part tous ses commerciaux, je ne vois pas...

J'observe Colombo. Cette boutade va-t-elle réussir à le dérider et lui faire abandonner ce rôle qu'il joue, il faut bien le reconnaître, à la perfection.

- Vous ne semblez pas particulièrement affecté par la disparition de Mr Michaud.

- Pardonnez-moi. J'essayais de dédramatiser la situation. Je n'ai aucun grief contre Mr Michaud.

Il se met à tourner les pages de son calepin miteux. Semblant avoir trouvé la bonne, il pose sa main sur son front, le pouce bien écarté et droit.

- Il me semble pourtant que vous avez eu une petite altercation lors de la dernière réunion que vous avez faite avec lui.

- Mr Michaud n'était pas en cause directement. J'ai eu une sorte de malaise et je lui ai involontairement... vomi dessus.

Etre obligé d'évoquer cette triste histoire devant ce type a quelque chose de pathétique. J'imagine aisément l'idée qu'il peut maintenant se faire de moi.

- Vous connaissiez la femme de votre patron, monsieur ?

- Non, je ne l'ai jamais vue.

- Et vous lui connaissiez des conquêtes ?

- Oh ! C'est vrai qu'il était plutôt bel homme mais jamais aucune rumeur n'a couru à son sujet.

Je joue le match parfait. Aucune faute pour le moment. Je ne suis ni complaisant ni dénigrant envers Michaud. Impossible de deviner à quel point je détestais cette raclure.

- Quelles sont vos relations avec mademoiselle Deglice ?

Sophie. Attention à la marche…

- C'est la standardiste de ROBILUX. Je lui parle quelquefois, lorsque je viens au siège.

- Vous ne l'avez jamais vue en dehors de l'entreprise ?

Piège. Si je réponds que non et que le flic est au courant de mon dîner avec Sophie, il va s'accrocher à moi. Mieux vaut jouer franc-jeu pour le moment ; un dîner n'a rien de compromettant.

- J'ai dîné avec elle il y a deux jours. Le soir, après la réunion.

- Pardonnez-moi cette question, monsieur, mais avez vous une relation intime avec mademoiselle Deglice ?

- Mais quel est le rapport avec la mort de Mi... de monsieur Michaud ?

- J'y viens monsieur.

Réflexion éclair. Une seconde pour décider. Un "oui" me rendrait immédiatement suspect. Un "non" aussi si l'inspecteur sait quelque chose. Mais la deuxième hypothèse est improbable.

- Non. C'était juste un dîner entre collègues, pour faire connaissance.

Il griffonne quelques mots, raye une ligne, tourne une page, revient en arrière.

- Vous êtes donc rentré chez vous, je veux dire à Avignon, après votre dîner avec mademoiselle Deglice ?

L'étau se resserre. Merde ! Mauvaise réponse, mauvaise réponse ! Tant pis, je persévère.

- Oui, mais encore une fois, pourquoi toutes ces questions à propos de mademoiselle Deglice ?

- Elle a disparu, m'sieur. Et le corps de monsieur Michaud a été retrouvé dans son appartement.

Il a planté ses yeux dans les miens tout en prononçant cette phrase. Il me jauge. C'est à cet instant précis que Colombo reconnaît le coupable. Calibrer la réaction, ciseler l'attitude, doser l'émotion, choisir les mots : mon sort va se sceller maintenant.

- Chez Sophie. Mais… c'est incroyable. Et vous pensez que…

- Pour l'instant, je ne pense rien du tout, m'sieur.

15

Je traîne dans les rues d'Avignon. Je n'ai pas eu envie de retourner tout de suite à ma voiture. Je longe les remparts autour desquels alternent les placettes et les rues ombragées. Le soleil tape sur les pierres et me renvoie sa chaleur étouffante. Les voies étroites surplombées de larges génoises m'offrent de courts instants de répit. J'oblique à droite dans une ruelle à la recherche d'une fraîcheur prolongée, l'été est en avance.

Je croise une vieille dame, sa demi-baguette à la main. La demi-baguette : le symbole de la solitude par excellence. Si j'aimais le pain, nul doute que je serais acculé à cette humiliation ; à moins que je ne sacrifie, dans l'intimité solitaire de mon appartement, la moitié en excès.

Je dois avouer que je suis déstabilisé. Il me semblait avoir tout prévu, j'étais sûr de l'infaillibilité de ma stratégie. L'aveu de ce dîner avec Sophie, que j'ai dû décider dans l'urgence, est une brèche dans mon plan. Il n'y a pas péril en la demeure mais ce flic sait maintenant qu'il y a un lien extraprofessionnel entre elle et moi. Il risque de creuser. Je me félicite d'avoir payé le péage du retour en liquide, ma carte bancaire ne me trahira pas. Reste que quelqu'un a pu nous voir, Sophie et moi, durant la journée que nous avons passé ensemble. Je pourrais toujours prétexter ma volonté de discrétion sur ma relation avec elle mais ce mensonge concentrera inévitablement l'attention sur moi. Et avec Colombo aux basques, je ne peux pas dire que cette perspective me réjouisse.

Je pousse la porte d'un bar et m'installe à une table. J'ai besoin de me poser. Un gars est avachi sur son tabouret, le haut du corps affalé sur le comptoir. Seule sa tête ne touche pas le zinc, à quelques centimètres près. Je commande un Monaco ; je n'en ai pas bu depuis au moins quinze ans. Sur la droite, un monsieur d'un certain âge semble plongé dans une contemplation déroutante de son verre. J'imagine que sa tête grouille de souvenirs qu'il cherche à noyer du regard dans son ballon de blanc. Je me dis que je finirai peut-être comme ça, à m'enivrer au bistrot pour oublier les échecs de mon existence, à immerger mes regrets dans de l'alcool bon marché, à me demander pourquoi je vis. « La vie est une maladie mortelle, sexuellement transmissible » parait-il. Le problème, c'est que c'est justement pendant qu'on fait mine de la transmettre qu'elle devient à peu près supportable. Si les explosions démographiques ont lieu dans les pays pauvres, ce n'est pas par hasard : quand on baise, on oublie qu'on a faim. Marx s'est trompé, c'est le cul qui est l'opium du peuple.

A la lumière de ces profondes réflexions métaphysiques, je me suis dit qu'il était temps d'aller contaminer une greluche ; et que je pourrais toujours lui déposer ma semence dans la bouche pour lui éviter la maladie mortelle. J'en connais une qui habite à deux pas d'ici et qui se damnerait pour un coup de queue.

Je suis toujours surpris des irruptions sexuelles qui m'assaillent. En toute logique, je devrais être préoccupé par tout autre chose que par ça. L'heure n'est pas vraiment à la gaudriole mais plutôt à la stratégie. Il me semble qu'il faudrait davantage se faire du mouron que de chercher à s'envoyer en l'air. Même si le recours à ce dérivatif a une certaine cohérence psychologique, c'est une option tout à fait saugrenue. Mais je sais à quel point elle m'est familière et impérieuse.

Je règle mon Monaco et je me dirige chez Astride. Un vrai prénom de salope. Le seul risque, c'est qu'elle m'ouvre la porte avec déjà une bite à la main…

16

Astride me fait entrer dans son studio, un grand sourire aux lèvres. Je parle de sa bouche. J'inspecte la grande pièce. Pas de verge à l'horizon. La déco de son appartement a encore changé. Elle a remplacé les stores en bois par de grandes tentures bordeaux et troqué son canapé-lit moderne contre une couche à baldaquin drapée de voile écru et couverte de coussins anciens. Les halogènes à la ligne épurée ont disparu au profit de lampes rococo aux abat-jour en peau veinée qui diffusent une lumière tamisée. D'épais tapis de laine aux tons grenat et doré couvrent presque totalement le parquet accentuant son aspect patiné. Les persiennes à demi fermées rehaussent l'atmosphère de cocon que dégage la pièce.

Elle ne manque pas de remarquer mon inspection.

- Ça te plaît ? demanda-t-elle.

A vrai dire, j'ai un peu l'impression d'être dans un bordel. Il ne manque qu'un ou deux éclairages rouges pour parfaire le tableau. Mais à bien y réfléchir, cette ambiance est bien plus conforme à la personnalité d'Astride. En fait, je suis quasiment persuadé qu'elle a cherché à reconstituer un claque. Sauf qu'ici, la prestation est gratuite. Et je me demande jusqu'à quel point elle ne serait pas prête, elle, à la payer.

- C'est très chouette, répondé-je mollement.

- Tant mieux que ça te plaise. Et que me vaut le plaisir de cette visite ?

Elle est comme ça, Astride. Elle sait très bien pourquoi je suis là, je ne viens la voir que pour ça. Mais elle se sent obligée de donner le change. Le pire, c'est que si je lui disais que j'étais là juste parce que j'ai envie de parler avec elle, elle serait déçue et elle finirait, de toute façon, par m'attirer dans son plumard.

Je me contente de lui sourire et de passer mon index sur ses lèvres. Un geste tendre qui lui intime aussi de ne pas poser de questions déplacées. Je déteste évoquer mes appétits libidinaux. Cet étalage verbal à quelque chose d'indécent, voire de vulgaire. Confirmer oralement que ma bite me mène par le bout du nez est psychologiquement insupportable. Je suis pourtant à peu près certain que tous mes congénères mâles subissent la même tyrannie pulsionnelle.

Astride saisit ma main et m'entraîne vers l'extravagant palanquin. Elle m'assied sur le lit puis, d'une main autoritaire, me pousse, m'obligeant à m'allonger. Je n'ai pas le temps de réaliser la manœuvre qu'elle s'empare de ma ceinture qu'elle ouvre en un éclair. Le bruit caractéristique du zip de ma braguette zèbre l'espace. J'en suis toujours à m'inquiéter de l'éventuelle blessure qu'une manœuvre aussi rapide aurait pu causer que ma queue est déjà enfournée toute entière dans sa bouche. La rapidité des évènements m'a pris au dépourvu et je n'offre, pour le moment, qu'un organe un peu mollasson. Je soupçonne Astride d'avoir délibérément organisé cet assaut éclair afin d'attribuer un peu abusivement à sa technique lingalo-labiale le succès de mon érection galopante. Je me redresse sur les coudes et l'observe me sucer avec application. Elle alterne les intromission complètes et les butinages gourmands, promène sa langue de la base jusqu'au gland dont elle fait plusieurs fois le tour. Ses mains massent mon scrotum avec assiduité tandis que son majeur qu'elle a humidifié détaille les contours de mon anus. Elle plaque soudain ma queue sur mon ventre et avale totalement mes bourses dans une succion goulue puis, sans prévenir, sa langue va s'enfoncer dans mon rectum. Ce qui est bon avec Astride, c'est qu'elle semble en permanence devancer vos désirs. Elle a toujours une longueur d'avance. A la seconde même où une envie vous taraude, elle est déjà à l'œuvre.

Sa bouche a repris ma bite et son index a remplacé sa langue dans mon intimité. Son autre main, je m'en rends compte maintenant, a glissé sous sa jupe pour s'introduire dans sa culotte. Encore que l'existence de cette culotte est purement théorique. Son activité buccale s'accompagne maintenant de petits gémissements. Je mesure l'accélération du rythme dont elle gratifie sa chatte aux mouvements de son doigt dans mon trou du cul. Il me semble pouvoir de ce fait goûter un peu au plaisir féminin sur lequel je suis malgré moi calé. Sentant la moutarde me monter au nez, je décide d'inverser les rôles, sans prévenir. D'un coup de reins, je me redresse et étale Astride sur le lit qui se laisse faire sans renoncer pour autant à son activité onaniste. J'avais raison d'être prudent, point de culotte. Elle a trois doigts enfoncés jusqu'à la garde dans le vagin qu'elle fouille frénétiquement. Je me mets debout, la queue à la main, et profite un moment du spectacle. Elle entrouvre les yeux et m'aperçoit. Ma vue semble la faire redoubler d'activité. Elle me lance dans un râle : « branle-toi ». Je m'exécute avec précaution car je n'ai pas l'intention d'en rester là. Mon obtempération la rend folle. Les gémissements se transforment en petits cris et sa fente dégouline. Avec sa deuxième main, elle vient maintenant violenter son clitoris qui se dresse comme un mini pénis. J'essaye de me mettre à sa place. De quoi peut-elle avoir envie, à ce moment précis. Je tente un toucher rectal. Nos doigts se cherchent, de chaque côté de la membrane séparative. Les tremblements qui s'emparent d'elle me confirment le bien-fondé de l'option. Je passe l'autre main sous son chemisier et vais lui pétrir violement le sein gauche : nouvelle salve d'extase. Je pivote afin de pouvoir, sans abandonner mes autres opérations, lui introduire mon engin dans la bouche. Ses lèvres s'en emparent avec avidité dans un suçon presque cannibale. L'excitation qui m'étreint donne des signes dangereux de saturation. Proche de l'explosion, j'envisage le grotesque de notre position afin de retarder l'échéance. Renoncer à l'abandon par un retour forcé à l'absurdité de la réalité. Manifestement insuffisant. Je retire alors ma bite malgré les protestations d'Astride et la chevauche à l'envers. Je lui donne mon cul à lécher et si j'en crois les mouvements de sa langue, elle paraît accepter l'échange. Je profite de ma position pour fourrer la mienne dans sa chatte, entre ses doigts qui ne semblent pas disposés à abandonner la place. Mon index la fouille toujours et je décide d'y introduire le majeur. J'ai la bouche trempée et une auréole s'est formée sur le dessus-de-lit.

Je me retrouve face à l'éternel dilemme de fin de séance. Je m'interroge sur la meilleure manière de terminer en apothéose. J'envisage de finir par…

17

- Bien !

Messart vient de me tirer de mes pensées. Au moment où je m'apprêtais à conclure avec Astride... Je fais mine de ne pas l'entendre pour lui voler quelques secondes de plus et terminer de dérouler le souvenir de cette séquence.

Je me rappelle avoir hésité un instant entre une éjaculation faciale, un peu galvaudée, une sodomie brutale, rien que très classique, un missionnaire langoureux, déroutant mais pas très excitant, ou une levrette, valeur sûre. Choix cornélien. L'idéal eut été de pratiquer les quatre à la suite, comme chez Julien Lepers. Malheureusement, il faut s'y résoudre, la nature ne nous a pas dotés, nous les hommes, de cette faculté à enchaîner les orgasmes. A sa décharge, cette capacité multi-orgasmique dont nous rêvons tous ne revêt qu'un piètre intérêt du point de vue de la pure physiologie reproductive. Une unique giclée de dix centimètres cubes de concentré vital est aussi suffisante qu'efficace. Reste que si l'on s'accorde à penser que la nature fonctionne selon un principe d'économie cher au professeur Monod, comment intégrer l'orgasme féminin dans cette logique de seule efficience ? Non, il faut l'admettre, la nature regorge de mystères…

Messart se lève de son fauteuil et se dirige vers moi. Mon silence après son « bien » le contraint à s'attaquer à un deuxième de mes sens pour me faire sortir de mon mutisme. Je cède à son stratagème et me lève à mon tour. Par l'intercom posé sur son bureau, il commande au planton d'entrer. Celui-ci s'exécute et s'introduit dans la pièce.

- Bien, dit Messart. Nous nous reverrons demain. Ce sera notre troisième séance.

Mon pauvre Messart, si tu crois que je compte nos entretiens, tu te fourres le doigt dans l'œil.

Machinalement, je tends mes deux poings serrés à l'infirmier qui hausse les épaules puis me saisit par le bras pour me ramener à ma chambre. En arrivant sur le seuil de la porte, je m'arrête et me retourne vers Messart qui range ses papiers.

- Au fait, docteur, j'ai fini par choisir la fellation. Avec Astride, on est rarement déçu.

Il me jette un regard ahuri qui, somme toute, lui va assez bien.

- Pardon ?!

- Non, rien. Laissez tomber.

DEUXIEME PARTIE

1

Ma cellule est assez proprette – rien à voir avec les taudis que dénoncent régulièrement certains députés désœuvrés dont l'indignation ne pourrait paraître crédible qu'à quelques attardés mentaux. Je la dois au juge qui a préféré me transférer dans cet hôpital psychiatrique surveillé plutôt que de m'envoyer en prison. Il ne me croit pas sain d'esprit. Ce n'est sûrement pas à cause de ma folie meurtrière, sinon tous les assassins relèveraient du même traitement. Il y a certainement quelque chose dans tout ce que j'ai fait qui a conduit à mon déclassement. Ou alors, la batterie de test que m'a fait subir Messart, avant nos entretiens, l'on conduit à me penser cinglé. Quoiqu'il en soit, je ne me plains pas. Je suis bien traité, je mange correctement, je peux me laver et j'ai un chiotte pour moi tout seul. Le seul bémol tient au fait que je suis cloîtré vingt-deux heures sur vingt-quatre dans cette pièce. La promenade, en compagnie des autres internés, constitue la seule distraction de ma journée, en dehors de mes entretiens avec Messart, bien sûr... J'aime bien la promenade car, outre le fait qu'elle constitue le seul exercice physique qui m'est autorisé, je retrouve Edmond et nous parlons ensemble.

Edmond est un homme tout à fait épatant. Avant d'atterrir ici, il était taxidermiste. Il possédait une boutique à Lyon et l'empaillement était sa vraie passion. Son travail l'absorbait terriblement. Il rentrait souvent tard le soir pour pouvoir finir un sujet qu'il avait en cours. D'après ce qu'il me raconte, son art ne supporte pas la procrastination : lorsqu'on a commencé, il n'est plus question de s'arrêter. Malheureusement, la femme d'Edmond, Madeleine, ne voyait pas les choses de la même façon. Elle n'acceptait pas de devoir l'attendre le soir, quelquefois jusqu'à 22 heures. Il avait beau lui expliquer les impératifs de son métier, elle ne voulait rien entendre et exigeait qu'il soit là, tous les soirs, à 19H30. Edmond avait fini par obtempérer et il s'était aménagé un atelier à la cave. Du coup, il pouvait ramener des sujets à la maison, pour finir le travail. Mais Madeleine ne s'accommoda pas de cet arrangement. Non seulement elle voulait qu'Edmond soit là à 19H30, mais elle exigeait aussi qu'il reste à ses côtés. Edmond était désespéré, le problème devenant insoluble. Un soir, il eut une idée. Il invita sa femme à le rejoindre dans son atelier pour lui montrer les enjeux de son métier ; afin qu'elle comprenne. Madeleine était rentrée dans une colère noire et n'avait rien voulu savoir. Edmond, aussi déçu que démuni, avait cherché une autre solution et l'avait trouvée : il avait assommé Madeleine puis entrepris de l'empailler vivante. Avec un grand couteau, m'avait-il expliqué, il lui avait ouvert le ventre pour la vider de ses entrailles. Cette opération avait ramené sa femme à la conscience mais, de son propre aveu, peu de temps. Elle s'était rendormie, manifestement rassurée – ce sont les termes d'Edmond – sur l'opération dont elle faisait l'objet. Il lui avait soigneusement retiré les viscères et avait attendu qu'elle se vide entièrement de son sang. Puis il avait injecté ses produits, bourré l'abdomen avec de la paille, recousu le ventre. Il avait remplacé ses yeux par des billes de verre et bouché ses sphincters avec de la cire, car Edmond connaît bien son métier. Après lui avoir remis des vêtements propres, il avait empalé Madeleine sur un support, par un orifice naturel. Ainsi, elle était debout à côté de lui chaque jour pendant qu'il finissait ses travaux du soir. Elle avait l'air, pour la première fois depuis longtemps, parfaitement heureuse. Percevant la satisfaction de sa femme, Edmond avait décidé au bout de quelques temps de l'emmener avec lui à sa boutique. Il la posait derrière le comptoir tandis qu'il travaillait à l'atelier. Malheureusement, Madeleine n'avait pas le sens du commerce et son mutisme permanent faisait fuir les clients. Edmond s'était aperçu que les personnes qui entraient dans son magasin ressortaient presque aussitôt en proie à une vive agitation. Puis un jour, des clients finirent par rester plus longtemps et l'appelèrent pour traiter directement avec lui. Après une courte conversation, ils lui demandèrent de les suivre afin qu'ils lui montrent un spécimen tout à fait exceptionnel. Edmond avait confié la boutique à Madeleine et les avait suivis jusqu'ici. Depuis, il attendait qu'on lui montre le sujet en question. Il attendait depuis cinq ans et il se faisait du souci : Madeleine devait être folle d'inquiétude de ne pas le voir revenir, d'autant plus qu'elle n'avait pas la clé pour fermer le magasin. Il avait maintes fois expliqué son problème au directeur de l'établissement mais en vain. Le patron avait beau lui expliquer qu'il n'avait pas à s'inquiéter, que sa femme était rentrée à la maison et l'attendait, il n'y croyait pas. Madeleine n'aurait jamais quitté la boutique sans verrouiller et la clé était dans le casier dans lequel il avait déposé ses affaires en arrivant ici.

Mais Edmond avait combattu son inquiétude en se remettant au boulot. Il avait réussi à dénicher une capsule de boîte de Coca qui lui servait à tailler de petites brindilles qu'il ramassait en douce lors de la promenade. Le plus souvent, il les cachait dans son rectum pour qu'on ne les trouve pas lors de la fouille corporelle qui précédait le retour en cellule. Avec ses instruments de fortune, il continuait d'empailler les cafards et les mouches. Pour la paille, il prélevait des peluches de sa couverture et en bourrait le bide de ses bestioles. Edmond est un garçon plein de ressources...

Avant hier, il s'est fait piquer à la main en essayant de capturer une guêpe. Je lui ai fait part de ma compassion mais ça l'a fait sourire. Il m'a avoué qu'il l'avait fait exprès et que ce n'était pas la première fois. En fait, il sait très bien attraper une guêpe en toute sécurité. Il fait en sorte qu'elle le pique en écrasant son dard sur sa main. Il est alors conduit à l'infirmerie pour qu'on lui désinfecte la piqûre à l'éther. Il fauche le coton imbibé qui lui sert à endormir les autres bébêtes. Le problème, c'est qu'il est obligé de se le coincer aussi entre les fesses et que ça lui fout le feu au cul pendant une heure. Mais, comme le dit Edmond, on n'a rien sans rien.

Je réalise que je n'aurai pas droit à la promenade, aujourd'hui. On dirait que Messart s'arrange pour fixer l'horaire de ses séances exprès à cette heure-là. Je ne le trouve pas très fair-play. Je fais pourtant de mon mieux pour coopérer. Il est vrai que je le laisse quelques fois patauger, mais il faut bien qu'il justifie son niveau d'études. Si je lui mâchais le travail, ça serait trop simple. Et puis il faut dire que je me suis habitué à l'idée qu'il me pense fou et j'en retire un certain confort. Je lui déballe tout, sans retenue, sans faux-fuyants et lui, il faut qu'il se débrouille avec ça. Je cache quelques liens que j'ai clairement identifiés, mais c'est de bonne guerre. Ma seule inquiétude, qui frise le début d'angoisse, c'est que je ne sais pas ce qu'il cherche. Ma folie n'est probablement pour lui qu'une hypothèse qu'il cherche à vérifier. Ce qui signifie qu'il peut, au contraire, chercher à démontrer l'inverse, à confirmer que je suis sain d'esprit. S'il y parvient, pour moi c'est la case : « Allez directement en prison, ne passez pas par la case départ, ne touchez pas 20.000 ». Et là, ce n'est pas le même topo. Je n'ai aucune envie d'apprendre à déceler les signes irréfutables me confirmant que mes co-détenus ont décidé de me sodomiser ! Et Dieu sait que je n'ai rien contre cette pratique, à condition de ne pas être le réceptacle non-consentant... Mon statut de cinglé me convient parfaitement. Je me suis fait à ma petite vie réglée comme du papier à musique, à mes moments de méditation, aux cachets que je fais semblant d'avaler à grands renforts de déglutitions ostentatoires, à mes discussions avec Edmond...

Je prends soudain conscience d'une tache humide dans mon caleçon, une petite sensation froide sur le bout de mon gland. J'en cherche l'origine... Astride... Messart m'a interrompu dans ma souvenance de cette partie de jambe en l'air, mais l'évocation de ce souvenir a laissé des traces dans mon organisme. Sans doute l'abstinence forcée n'y est-elle pas étrangère. Je me remémore maintenant cette monstrueuse fellation dont m'a gratifié la jeune fille. Je me rappelle sa langue qui ne stationnait pas plus de deux secondes au même endroit, cherchant les creux et les bosses, découvrant les contours, se glissant dans les moindres interstices de mon anatomie inférieure. Elle semblait refuser que son appendice buccal puisse être arrêté par le moindre obstacle, elle essayait toutes les options.

J'avoue avoir eu peur, un instant, qu'elle ne me la bouffe toute crue ! L'excessive exaltation dont faisait preuve Astride prenait des allures incontrôlables. Or, dans ce type de jeu, mieux vaut ne pas se laisser déborder. Mais je savais aussi qu'elle aimait trop cette partie pour risquer de l'interrompre par une manœuvre maladroite. Et puis, bien que dans un état second, Astride était une experte de la débauche ce qui me rassurait suffisamment pour m'abandonner.

Lorsque mon sperme a jailli, elle n'a pu retenir un gloussement. D'une main ferme, elle m'a empoigné, s'appliquant à lécher généreusement le frein de mon gland, étalant sur sa bouche le reste de ma semence et récupérant de temps à autre les flux qui tentaient d'échapper à sa bouche avide. La chaleur a envahi mon ventre et mon cerveau s'est désintégré. Mes yeux se sont retournés à 180° dans leurs orbites tandis qu'elle m'avalait entièrement. Je suis resté absent de moi-même de longues minutes et Astride a accompagné la descente de mon organe de ses lèvres bienfaitrices. Puis, après avoir essayé vainement de le ranimer, elle s'est étendue à côté de moi, fatiguée ; mais pas suffisamment au point de l'empêcher de continuer à se caresser. Sa furie a laissé cette fois place à une douce somnolence. Sa main semblait complètement autonome, détachée du joug de l'esprit ; à se demander s'il arrivait à Astride de dormir sans se toucher...

Moi, je sombrais, noyé sous deux mètres d'endorphines, dans une félicité que seul le post-coïtum autorise. Mon cerveau triait néanmoins quelques informations non classées. Il m'était difficile de comprendre ce qui m'avait poussé, par exemple, à venir enfiler Astride par tous les bouts alors que je venais de prendre une trouille bleue en rencontrant « Colombo ». L'angoisse suscitée par cette confrontation aurait dû éteindre toute velléité de fornication alors qu'elle paraissait, au contraire, l'attiser. Pouvait-on y voir, une fois de plus, un de ces tours de la Nature qui pousse l'être vivant sentant sa fin probable à ensemencer la planète au plus vite ? Ou, au contraire, y avait-il dans cette fuite de débauche une parfaite connaissance du corps de la drogue qu'il va pouvoir en retirer ? Une sorte de calmant naturel auquel il aurait recours en cas de coup dur... Quoiqu'il en soit, l'effet était de courte durée puisque je gambergeais de nouveau...

Le verrou métallique de la cellule a grincé et la porte s'est ouverte. C'est l'heure de la pitance. L'infirmier pose le plateau sur la table en me souhaitant bon appétit puis ressort. Je fais des paris sur le menu, soulève le couvercle de l'assiette et souris de mes pouvoirs de divination : poisson bouilli et épinards en branches. « Eh, les gars, je suis fou, pas au régime… »

Je mange sans conviction, perdu dans ma bouillie intérieure. Je revois Messart demain, il va vouloir que je lui raconte la suite. Autant essayer de mettre de l'ordre tout de suite. Ne pas risquer le trou de mémoire ; les fous n'ont pas de trous de mémoire…

2

Je me suis assoupi. Astride dort, étalée sur le lit, un doigt planté dans la toison. Une odeur de sexe flotte dans la pièce confinée. Ma queue toute flétrie se planque dans mes poils comme un écolier qui voudrait échapper à un nouveau passage au tableau. Je me lève doucement et attrape mes fringues que j'enfile sans bruit. Je jette un regard à Astride en priant tous les saints pour qu'elle ne se réveille pas. Aucune envie de lui parler. Une plaque de sperme séché lui blanchit le coin de la bouche et sous ses fesses, une auréole humide s'est formée sur le drap. Insupportables reliefs d'agapes pornographiques. Ces stigmates de nos ébats me donnent la nausée. De la pure débauche bestiale que je refuse d'assumer. Partir, partir vite. Oublier ce moment de faiblesse qui renvoie le mâle humain au rang de boucher du sexe. La Bible doit dire vrai : la femme est l'obstacle premier à l'élévation de l'âme. Elle nous ramène sans cesse à notre animalité. Elle élude nos efforts, nie nos aptitudes, enracine notre bestialité dans une réalité indéniable. Elle est le serpent qui tente, la corde qui retient la montgolfière, le soufflet sur les braises qui meurent. Elle veut nous garder soumis à ce désir qui nous tyrannise et nous donne envie de vomir lorsqu'il est assouvi.

Excessif. Je suis très excessif. « Post coïtum, anima triste », soit. Mais je ne condamne pas le restaurateur parce que la vue des assiettes vides et sales me donne la nausée après le repas. Non. Paye l'addition et rentre chez toi ! Mon meilleur pourboire sera de quitter l'appartement sans réveiller Astride. Lui épargner mon humeur grognon, ma mine déconfite et mes réflexions acides. Lui éviter de quémander quelques mots gentils que je ne lui servirai pas. Lui imposer une étreinte de tendresse feinte dont elle ne sera pas dupe. Lui offrir un sourire forcé dans lequel elle verra mon irrépressible envie de fuir. Merci. Merci Astride pour cette partie et, crois-moi, si je pars comme un voleur, c'est pour ton bien.

*

Un cri déchire la chape de plomb qui recouvre habituellement le bâtiment à l'heure du repas. Il me semble reconnaître la voix d'Edmond mais je ne connais pas suffisamment mes autres colocataires pour en être sûr. Un deuxième hurlement lui fait écho, puis un troisième. Un porc réalisant soudainement qu'il va finir en boudin noir et jambon cru ne braillerait pas davantage. Les beuglements se succèdent, trahissant une détresse inévitablement émouvante. Puis, subitement, plus rien. Une piqûre a dû régler le problème, à moins que ce ne soit un coup de poing dans le plexus; ici, l'administration veille sur les deniers publics et on ne rechigne pas à une petite économie. Les effluves sonores des dommages collatéraux que cet épisode a générés sur les autres pensionnaires s'évanouissent peu à peu avec l'éloignement de la crise. Pour cette population tourmentée, le présent rétrograde le passé proche au rang de l'histoire ancienne.

Une porte claque, propageant une vibration métallique qui se perd dans les couloirs vides, emportant avec elle la substantialité même de cet événement. Je réalise que je me suis imperceptiblement recroquevillé sur moi-même, dans une posture fœtale ancestrale de protection vitale. Mon cerveau reptilien alerté par ces cris de la possible extension de la menace à mon intégrité a distribué instinctivement ses ordres à mon organisme. Je souris intérieurement de la vacuité de cette forme de défense. Désormais, je ne me moquerai plus des autruches.

Je reprends contenance et jette un œil sur mon plateau-repas. Mon appétit s'est dilué dans cette diversion. Je le repousse négligemment, inexplicablement vide de toute envie, comme si ces hurlements avaient aspiré dans leur tourbillon toute once d'un désir quelconque.

Astride… je pensais à Astride juste avant. Je n'ai plus envie de ce souvenir. Ma mémoire s'est brusquement délavée, comme la couleur sur la toile mouillée de l'aquarelle. Je ne me souviens presque plus de ce qui a suivi cette journée mêlée de trouille et de sexe, où Astride a succédé à Colombo. Je crois que j'ai erré les jours suivants, comme un zombie, partageant mon temps entre des grasses matinées, mon bureau et quelques clients. Je me souviens que Guignard, le DG, nous a demandé de travailler au ralenti, mais de travailler tout de même. « Continuer à vivre normalement est la meilleure façon d'encaisser cette épreuve » avait-il dit. Tu parles d'une épreuve ! L'épreuve, c'était quand Michaud présidait à nos destinées…

Le jour de son enterrement me revint d'un bloc à la mémoire. Tout ROBILUX était là, costume foncé de circonstance. Moi, j'avais mis un tee-shirt « Mort aux cons » sous ma chemise grise. Un petit crachin tombait de la grisaille qui recouvrait Lyon ce jour-là. On se serait cru dans un film de Chabrol. Guignard a longuement serré madame Michaud dans ses bras, lui murmurant je ne sais quelles conneries à l'oreille. C'était une très belle femme, élégante – mais il est vrai que le noir et la voilette, ça vous donne une sacrée classe – les traits fins dessinés sur une peau pâle et lisse. Elle avait vraiment de l'allure et des faux airs d'Anouck Aimée du temps de sa splendeur. Je ne voyais assurément pas ce que Michaud était allé foutre dans le lit de Sophie avec une femme comme ça à la maison. Un petit garçon de huit ans était collé à sa jambe. Sa sœur, à peine plus âgée, assurait seule sa stabilité. Je me rappelle que la présence de ces enfants m'a serré le cœur. J'avais beau détester Michaud, ses enfants, eux, l'aimaient sans réserve. Peut-être même était-il un bon père, à défaut d'être un mari fidèle et un chef acceptable. Ils devraient maintenant se débrouiller sans lui et mes propres souvenirs d'enfant me faisaient réaliser à quel point ils en souffriraient.

Guignard avait organisé un lunch pour les salariés de la boîte, dans la salle de réunion. Le dernier lieu où l'on avait vu Michaud vivant. Ce con s'est senti obligé de nous infliger un petit discours mièvre et maladroit à la mémoire de feu-notre-chef-bienaimé ; exercice dont le caractère indispensable ne me paraissait pas évident et dont il s'acquitta avec une médiocrité navrante. Au moment où il évoqua la gerbe que l'entreprise avait déposée sur le catafalque, j'hésitai à lui rappeler qu'en ce qui me concernait, je l'avais fait de son vivant.

Lorsqu'il eut fini, un léger flottement envahit l'assistance et chacun se demandait manifestement s'il fallait applaudir. Personne n'ayant tranché quant à la bienséance d'une telle manifestation, Guignard resta suspendu à la dernière phrase de son éloge comme un poisson au bout d'un hameçon et trouva son salut dans l'invitation qu'il nous donnât à attaquer le buffet. De ce côté là, on ne pouvait pas lui reprocher de ne pas avoir bien fait les choses et la profusion de douceurs qui s'étalaient sur la table nous permit de remplir nos bouches et, de ce fait, de rester silencieux. Le DG ne savait assurément pas quoi faire de sa peau. Un verre de vin dans une main et un sandwich dans l'autre, il était planté au milieu de la salle, incapable d'initier une discussion avec qui que ce soit. Trouver un sujet de conversation adéquate relevait de l'exploit pour cet homme qui nous connaissait à peine et dont les seules préoccupations connues se résumaient à des colonnes de chiffres. J'avançai vers lui.

- C'était un beau discours, Monsieur Guignard.
- Merci, Paul. Monsieur Michaud nous manquera.
- Certainement. Nous nous sentons un peu orphelins sans lui.
- Je sais à quel point vous l'appréciiez.
- Vous avez des nouvelles de l'enquête ?
- Aucune. Je crois que la police piétine. Tant qu'ils n'auront pas retrouvé Sophie, ils sont dans l'impasse.
- Et elle n'a donné aucun signe de *vie* ?
- Non, elle est introuvable. C'est vraiment incroyable.

Son téléphone portable sonna et il s'éloigna en s'excusant. Je le regardai traverser la salle à grandes enjambées, à la recherche d'un coin plus calme. Guignard avait cette incomparable faculté de donner l'impression qu'il n'était jamais vraiment là quand il vous parlait. Une sorte d'absence de son corps, même lorsqu'il vous regardait dans les yeux. Je me demandais quel type de filtre psychologique il avait choisi pour traverser l'existence. Quoiqu'il en soit, il m'avait, sans le savoir, tranquillisé sur les progressions de l'enquête. Tant qu'ils ne trouvaient pas Sophie, je n'avais rien à craindre et je ne voyais pas bien comment ils pourraient la trouver. A part ce dîner, rien ne me rattachait à elle. Mon retour à Avignon était vérifiable avec ma carte de crédit -j'avais réglé le péage avec en rentrant - et ma courte incursion à Lyon le jour du meurtre était indétectable puisque j'avais eu la bonne idée, cette fois-ci, d'utiliser des espèces pour payer le trajet…

*

Je me remémore parfaitement bien l'état d'esprit qui m'habitait le jour de l'enterrement de Michaud. Les déductions fumeuses qui me parcourraient le cerveau suite à ma discussion avec Guignard, je les revis comme si c'était hier. Comment ai-je pu être aussi naïf ? Comment ai-je pu croire un instant que j'avais réalisé le crime parfait. Tant d'autres s'y étaient essayés avant moi, souvent même avec beaucoup plus de préparation.

Je parcours des yeux la cellule, comme si la preuve de ma pathétique suffisance y était inscrite depuis toujours. Ces murs m'attendaient avant même que l'inéluctabilité de cette option ne m'effleure le cerveau. J'ai pêché par orgueil, pétri que j'étais de mes certitudes d'inexpugnabilité. Mais j'aurais dû – j'aurais pu – prévoir le faux pas qui allait précipiter ma chute.

Il s'était passé trois semaines depuis « les évènements ». Ce jour là, je garais ma voiture sur le parking, désabusé par une journée en demi-teinte où j'avais visité quelques clients et traîné sans entrain dans une galerie marchande...

3

En arrivant dans mon appartement, une étrange sensation de lassitude m'étreint. Je sais que ce n'est pas le contrecoup de ma journée. Non. Plutôt le poids de la fin d'un cycle d'affect. L'affaire Michaud semble se tasser dans l'inefficience des recherches policières. Je suis sûr que Colombo n'arrive pas, quelques fois, à résoudre certaines affaires ; mais, ces épisodes-là, on ne nous les montre pas à la télé. Avec l'enlisement de l'enquête, la réalité de mon acte se dilue dans mon souvenir et je découvre, à mon grand étonnement, que je ne suis pas de ceux qui nourrissent des remords. Mieux encore, il m'arrive même de me tripoter en repensant à mes parties de jambes en l'air avec Sophie. Un sacré bon coup quand même...

Je catapulte le courrier sur la table et me sers un verre. Je sens la gorgée de whisky se répandre dans ma bouche et mon œsophage en une vague tiède et piquante. Une sérénité se propage en moi, sans rapport avec l'alcool qui n'a pas eu le temps de passer dans mon sang. Je reviens vers la table et jette un œil aux enveloppes qui se sont éparpillées sur le plateau de verre. Mon sang se glace en apercevant l'entête de la Préfecture de Police de Lyon. Puis je me rassure un peu : si Colombo avait quelque chose contre moi, il serait déjà dans mon salon avec deux de ses hommes. Je décachette et déplie la lettre. Je la relis plusieurs fois et saisis mon agenda dans ma sacoche. Je suis sûr de la date que je connais par cœur, mais j'effeuille fébrilement le calendrier à la recherche d'une improbable discordance. La confirmation, s'il en était besoin, tombe comme un couperet. Il n'y a plus de place au doute, maintenant. Je vide mon verre d'un trait. Je suis anéanti. Mon cerveau se révolte, refusant l'irréfutable. Il virevolte, tressaille, creuse, analyse, dissèque. Il est sûr qu'il va trouver une issue mais se cogne désespérément à l'évidence, comme une mouche à un carreau. Il sait qu'il est fait comme un rat mais refuse d'abandonner. Il y a sûrement une solution, il y a en a toujours une. Cette débauche d'activité cérébrale épuise mes forces vitales. Je suis certain que si je montais sur une balance, l'aiguille descendrait à vue d'œil. Mes jambes commencent à chanceler, tout le glucose disponible étant dédié à cette improbable fuite intellectuelle. Je m'abandonne dans un fauteuil, la lettre encore dans les mains. Je m'affale de tout mon être dans les coussins et la laisse échapper. Je me sens soudain très fatigué, je pourrais m'endormir sur le champ. Les minutes s'égrènent et je renonce peu à peu au combat. Je me persuade maintenant qu'il n'y a pas de solution, que c'est juste une question de temps. Le temps, justement, combien m'en reste-t-il désormais avant que Colombo ne me mette le grappin dessus. A vue de nez, je dirais quelques jours. Deux, trois au plus.

Trois jours... Je repense à tous ces cons qui se demandent bien ce qu'ils pourraient faire s'ils gagnaient vingt briques au loto ! J'ai envie de leur poser la question du même tonneau : que feriez-vous s'il ne vous restait que trois jours de liberté totale ? Je dis bien « totale », parce que lorsque je serai arrêté, je passerai certainement le reste de mes jours en prison. Et rien de ce que je pourrais faire maintenant ne pourra aggraver la sentence qui m'attend. J'ai fait le plein. Passe encore le meurtre de Michaud (le crime passionnel pourrait me valoir les circonstances atténuantes), mais pour Sophie, j'aurais du mal à réfuter la préméditation. Et pourtant, je n'avais rien prévu la concernant. Mais les faits parleront contre moi : le méthodique camouflage de mon acte m'accablera inévitablement. Le sang froid est une vertu de criminel, pas de passionné.

Trois jours...Curieusement, l'échéance réveille en moi un sentiment de puissance, d'impunité retrouvée. Je n'imagine pas consacrer ce répit à la recherche d'un improbable alibi ou à l'organisation d'une fuite définitive. Passer le reste de ma vie caché sur une île de 40 KM² n'ayant pas de traité d'extradition avec la France, c'est une idée d'homme politique corrompu ; et encore, certains n'ont pas le courage de tenir le siège et finissent par renoncer. Non, pas pour moi le caillou perdu dans l'océan.

Je ricane à voix haute. Ce que le système judiciaire français peut être crétin ! Trois jours de folie pure ! Trois jours de fantasmes débridés ! Trois jours d'impunité totale !

*

La porte de ma cellule grince à nouveau. Pas moyen de penser tranquille dans ce trou à rat. L'infirmier enlève mon plateau, sans un mot. Tout juste une moue lorsqu'il réalise que j'y ai à peine touché. Je ne sais pas s'il s'agit d'un reproche ou de compassion. Je lui sers un sourire niais dont il peut bien faire ce qu'il veut. A chacun son code de grimace.

Le bruit du verrou qu'il referme sonne la fin de la journée. Il déclenche en moi un réflexe pavlovien de sommeil. Je sais que la porte ne s'ouvrira plus avant demain matin. Au programme, petit dej et direct chez

Messart. Pour une fois, ce con ne va pas flinguer ma promenade.

Je me laisse glisser sur ma paillasse. Je sens mes yeux se fermer mécaniquement. A demain, petit Docteur...

4

Le bureau de Messart est vraiment déprimant. Ma « chambre » (n'oublions pas que je ne suis pas encore en prison) n'est pas gaie-gaie, mais je n'ai pas choisi ; lui, si. J'en viens à penser que ce décor est parfaitement étudié : ne donner aucun point d'accroche au patient pour s'évader mentalement. Messart a bien mérité son diplôme. Il m'a accueilli d'un « asseyez-vous » insipide, sans lever les yeux de ses notes. On dirait vraiment qu'il cherche à me persuader que je n'ai aucun intérêt à ses yeux, que je suis une valeur nulle. Drôle de tactique. Je suis là, assis comme un crétin sur ma chaise, à attendre qu'il s'intéresse à moi.

- Bien, Paul. Comment allez-vous aujourd'hui ?

Il a relevé la tête vers moi mais il ne me regarde pas vraiment. Phrase type d'entrée en matière. Navrant.

- Quel jour sommes-nous ?

La question n'a aucun intérêt, mais c'est lui qui a commencé.

- Mardi, Paul. Est-ce important pour vous ?

- Non.

Il me fixe, dubitatif. J'arrive enfin à capter son attention. S'il veut que je coopère, il faudra que lui aussi fasse un effort. Un peu de considération pour moi ne le tuera pas.

- Bien. Où en étions-nous ? dit-il en fouillant de nouveau dans ses notes.

Cette manie m'exaspère. Mon petit Messart, un psy bordélique, ça n'existe pas. Alors arrête de me prendre pour un demeuré et viens-en aux faits.

- Oui, j'aimerais que nous reparlions du jour où vous avez reçu cette lettre qui vous a fait penser que vous étiez perdu.

« Perdu ». C'est un euphémisme ! J'étais fait comme un rat, oui !

- Que voulez-vous savoir ?

- Pourquoi étiez-vous si sûr qu'elle vous accusait.

- Bon sang, mais c'était évident, me suis-je presque mis à hurler. J'ai été flashé par un radar à Lyon, le soir du meurtre alors que j'étais sensé être chez moi ! Lorsque j'ai ouvert la lettre qui contenait le PV, je savais que Colombo ne tarderait pas à en avoir connaissance et qu'il comprendrait.

- Colombo ?

- Laissez tomber. Les flics, quoi.

- Vous voulez dire que vous pensiez que cette infraction allait transiter dans les fichiers de la police jusqu'à... Colombo ?

- Mais bien sûr ! Contrairement à tout ce qu'on nous bassine avec la CNIL et autres conneries de ce genre, les flics et l'administration recoupent tous les fichiers. Ils auraient fini par avoir l'info.

- Et vous imaginiez que « les flics » avaient un dossier sur vous, c'est ça ?

Un déclic se fait au niveau de mon cortex. J'ai presque cru en percevoir le « clac ». Où veut-il en venir ? Comment se fait-il que l'évidence ne lui saute pas aux yeux ? Quelque chose m'aurait-il échappé ? Un doute s'immisce imperceptiblement dans mon esprit.

- Paul ? Vous avez compris ma question ?

- Je n'en suis pas sûr.

- Qu'est-ce qui vous laissait croire que la police possédait un dossier sur vous ?

- Je suppose qu'elle s'est intéressée à toutes les relations de Michaud et j'en faisais partie. C'est son boulot de tout vérifier.

Il s'est laissé tomber en arrière dans son fauteuil. Il me regarde maintenant avec un mélange de tendresse et de compassion malsaine. A quoi joue-t-il, bordel ! Je lis dans ses yeux une légère jouissance ; et une minuscule note de commisération.

- Paul, j'ai vu le lieutenant Bourgues hier,... Colombo... Il n'a jamais eu connaissance de votre excès de vitesse. Leurs fichiers ne sont pas recoupés, c'est interdit. Et il n'avait pas de dossier sur vous.

Mon déclic cortical de tout à l'heure se transmute en déchirure. Je perçois toutes les connections neuronales qui explosent les unes après les autres. Mon cerveau n'est plus qu'une purée grise et molle qui monte en température. Mes oreilles tentent de jouer les ailettes de refroidissement d'un radiateur et s'approchent du point de fusion. Elles contaminent le reste de mon visage qui, à l'heure qu'il est, doit virer du rouge vif au brun cramoisi. Je peux sentir le sang bouillir dans mes veines, prêt à s'évaporer sur le champ par les pores de ma peau. Je surprends, par je ne sais quel reste de lucidité, une inquiétude grandissante dans le regard de Messart. Il a sûrement peur que je lui explose à la gueule. J'en souris malgré moi, ce qui ne le rassure manifestement pas. J'ai envie de lui crier « boom ! » mais je me retiens. Un ricanement bestial s'échappe du fond de ma gorge dans un rauquement incoercible. L'odeur fétide qui l'accompagne m'amène à spéculer qu'il provient du plus profond de mes entrailles, si ce n'est directement de mon trou de balle. Puis, sans prévenir, toute la pression s'efface en un clin d'œil. Mes synapses se réorganisent parfaitement, le sang reflue de mes appendices, reprend sa circulation normale, et mon teint, j'en suis sûr, retrouve une couleur humaine.

- Ca va Paul ? tente timidement Messart.

Beaucoup mieux, merci. Je me suis laissé dériver

quelques minutes mais j'ai repris la barre. J'ai cru une seconde que cette information mettait en évidence ma bêtise, ma triste incompétence. Je me suis fait prendre parce que je pensais que j'allais être pris. Je te l'accorde, Messart, ça parait véritablement ridicule. Je suis sorti de ma tanière alors que rien ne m'y obligeait. J'étais sûr que les chiens allaient me trouver alors qu'ils ne me cherchaient même pas ! Mais je viens de comprendre que je n'appréhende pas les événements sous le bon angle. Cette fameuse lettre ne signait pas mon arrêt de mort, c'est évident. Il y avait mille façons de justifier les faits. Tout juste aurait-elle pu créer un doute qu'aucune vérification policière n'aurait pu confirmer. Je le sais, je n'avais rien à craindre ; et je l'ai toujours su. Un prétexte, un simple prétexte arrivé à point nommé. Une ruse de l'esprit, une matoiserie de la conscience, une échappatoire. J'ai saisi la première branche qui me tombait sous la main. Celle qui allait me permettre de mettre un terme à la vertigineuse chute de mon existence insipide. Le destin d'Alexandre : une vie courte et flamboyante plutôt que la longévité et la médiocrité.

- Paul ?

Je vrille mes yeux dans les siens, avec une expression bien dosée. Messart doit hésiter à mettre fin à cet entretien trop plein d'affect instable ou au contraire à profiter de ce terrain fertile pour enchaîner.

- Oui Docteur ? dis-je d'un ton affable.

Il tergiverse intérieurement quelques secondes et décide de poursuivre. Je lui en suis reconnaissant. J'ai envie, maintenant que mon subterfuge mental m'est apparu clairement, de continuer l'exercice.

- Paul, dites-moi quelle est la première idée qui vous est passée par la tête après avoir lu la lettre.

Oh ! Je m'en souviens parfaitement. C'était clair comme de l'eau de roche.

- Trois jours, Docteur. J'ai pensé qu'il me restait trois jours.

5

Je chiffonne la lettre accusatrice avec une hargne méthodique. Je m'applique à la réduire au strict volume nécessaire que mérite son existence. Sale conne ! Tu pensais sans doute que tu allais me couper les jambes mais tu viens au contraire de déployer mes ailes. Grâce à toi, je vais sortir de ma chrysalide ; un bâton de dynamite qui va péter à la gueule du monde. Paul *Dugland,* la larve inepte, vient de se transformer en papillon. Garez vos fesses ! N'oubliez pas ce que le battement de mes ailes peut provoquer à l'autre bout de la planète. Vous voulez la guerre, vous l'aurez. J'étais bien peinard avec mes deux petits cadavres dans le placard, fallait pas venir me chercher des poux dans la tête.

J'hésite à balancer la boule de papier à travers la pièce mais je me ravise. Je marche vers la salle de bain et je la jette dans les chiottes. Je baisse mon froc et m'assied sur le trône : je vais lui déféquer dessus à cette salope. Je pousse comme un cinglé, sans résultat. Je suis prêt à échanger mon intégrale de Nougaro contre une bonne gastro. Rien à faire. Je me rhabille et tire la chasse.

Je retourne au salon pour vérifier que mes CD de Claude sont toujours là. Faudrait pas chercher à m'entuber. J'attrape la bouteille de whisky et m'en avale une bonne rasade. Je la repose sur la table, à côté de la photo de maman. Elle me regarde tendrement. Je lui souris. Ses yeux tentent de me dire quelque chose. Mais bien sûr, c'est par là qu'il faut commencer...

6

J'arrive à la maison de repos un peu avant 19 heures. Je me gare en retrait. Derrière les fenêtres du bâtiment principal, je vois s'affairer les infirmières qui descendent les pensionnaires au réfectoire. Je jette un coup d'œil à la chambre de mon père. La lumière vient de s'éteindre, il est en route pour le dîner. Je décide de laisser passer un quart d'heure.

Je regrette d'avoir balancé mon pistolet à grenaille. Excès de précaution. On ne sait jamais, si ça tournait mal, il aurait pu m'être utile. Je n'ai pas d'intention précise sur la suite des évènements. Je sais seulement qu'il faut que je le vois. Je ne sais pas au juste ce que je vais lui dire et, en fait, ça n'a pas d'importance. Je veux simplement le regarder droit dans les yeux, pour la première et la dernière fois. Je veux qu'il sache qu'il ne m'obligera plus jamais à détourner le regard. Je veux qu'il comprenne que j'ai pris le dessus, que la force est maintenant de mon côté. Que toutes ces années de brimades sont définitivement révolues – je ne parle pas de mon enfance. L'humiliation n'est venue que plus tard, lorsque j'ai compris que mon espérance était vaine, sans issue ; que jamais il ne s'intéresserait à moi.

Je sors de la voiture et je referme doucement la porte. Je me sens parfaitement calme. J'ai du mal à comprendre comment la peur de ces visites a pu me détruire les intestins pendant toutes ces années. Je n'envisage plus mon père que comme un vieillard usé qui a raté sa vie, qui croupit seul dans un hospice en ruminant ses échecs et qui doit aujourd'hui rendre compte. A quel titre devrait-on pardonner aux jeunes criminels sous prétexte qu'ils sont devenus vieux ?

J'entre dans le hall et je me dirige vers l'ascenseur. Les couloirs sont déserts. La cabine me hisse au troisième étage. Seule la lumière de secours du palier balise le circuit qui mène à sa chambre. Je me glisse à l'intérieur et me cache dans le placard.

*

Je suis assis sur les fesses, les genoux repliés sous le menton. Si un gardien pouvait m'observer avec une caméra infrarouge, il trouverait que j'ai vraiment l'air con. Je me demande ce que je fais là. Ces moments où le temps s'égrène trop lentement m'ont toujours déprimé. Cette attente sans qu'aucun sens ne puisse donner un os à ronger à l'esprit me jette à la figure la vacuité de notre condition humaine. Pourquoi faut-il qu'on soit toujours à faire quelque chose de sa peau pour avoir l'impression d'exister ? Il me semble, au contraire, que cette oisiveté contrainte devrait nous permettre d'élever notre âme. Mais en définitive, j'ATTENDS comme un débile, roulé en boule dans un placard, pour cracher à la face d'un géniteur de remplacement que j'en ai fini de l'ATTENDRE ! Ce n'est plus du paradoxe, c'est de la déficience mentale.

J'étends les jambes pour tenter de récupérer mes articulations. Je pense aux gosses qui passent des heures à jouer accroupis, les fesses posées sur leurs talons. Dieu que le temps passe vite, je suis à dix mil heures de vol de ces gars-là. Si je ne craignais d'être repéré, je fumerais bien une clope pour reprendre l'avantage sur les morveux. Qu'est-ce qu'on peut se faire chier assis dans le noir dans un placard. La dernière fois que je me suis retrouvé dans cette posture, je devais avoir quinze ans ; ça fait un bail. Mais il faut dire aussi que je n'étais pas seul dans la penderie : une fille s'appliquait à me sucer consciencieusement et je dois reconnaître que ça fait passer le temps plus vite. Enfin, on ne peut pas gagner à tous les coups ; d'ailleurs, d'un point de vue comptable, la vie ressemble à un bilan déséquilibré : le passif est bien plus important que l'actif. Et je ne vous parle même pas de la tête du compte de résultat. Si ma pauvre existence devait passer devant le conseil d'administration d'un fond de pension américain, je ne donne pas cher de ma peau : il fermerait la boîte aussitôt. Ca fait quand même suer d'être arrivé à la moitié du chemin avec un résultat aussi pitoyable. Je me console en me disant qu'on doit être un sacré paquet de types du même âge avec un bilan aussi médiocre. Je me souviens du passage du cyclone Zoé sur les îles Salomon qui avait détruit entièrement une petite île appelée Tikopia. Je ne parierais pas que cette saloperie de tempête tropicale ne soit pas passée sur ma ligne de vie. Les habitants n'ont valu leur salut qu'à la lumineuse idée d'aller se planquer dans des grottes en attendant que ça se passe. Moi j'ai mon placard ; ça doit être ça, le progrès.

L'engourdissement de ma jambe droite souligne le grotesque de mon entreprise. Le corps a cette faculté de vous ramener sur Terre. L'esprit n'est qu'un gros ballon gonflé à l'hélium : il finit toujours par tirer sur un membre. A chaque fois qu'il s'approche trop près du Ciel, le retour de manivelle est fulgurant. Notez que lorsqu'il s'enfonce en Enfer, le coup de collier est salvateur. Il ne nous est finalement permis que de flotter entre deux eaux. Les oiseaux et les vers de terre peuvent être tranquilles, on n'est pas près de venir les emmerder. On est condamnés à jouer les funambules sur une poutrelle suspendue à cinq cents mètres au-dessus du vide. Qu'est-ce qu'on a bien pu faire pour mériter un tel châtiment ? Le Vieux Barbu est peut-être vraiment furax qu'on ait bouffé ses pommes et Il nous en fait baver des ronds de chapeaux. Bref qu'on en revient au même constat depuis la nuit des temps : c'est notre faiblesse vis à vis des femmes qui est la cause de notre perte. Si l'autre Adam avait foutu une bonne raclée à sa bourgeoise quand il l'a surprise en train de chaparder dans le verger, on n'en serait pas là. Et si cette conne de Sophie n'avait pas eu envie de jouer avec la bite de Michaud, je ne me retrouverais pas comme un crétin statufié dans un placard. D'ailleurs, dans « verger » il y a « verge ». CQFD.

N'y tenant plus, je tente de me relever et je m'assomme sur la tablette de la penderie. Je ne m'en tire pas trop mal, je n'ai pas ramassé un cintre dans l'œil. Je me rassois tant bien que mal. Je commence vraiment à trouver le temps long. J'ai l'impression d'être dans ce foutu réduit depuis au moins deux jours, mais je note que je suis en train de m'y faire. Mes yeux se sont habitués à la pénombre et mes articulations se contentent maintenant d'infimes mouvements pour se soulager. Il faut croire qu'on se fait à tout. C'est incroyable ce qu'on est capable d'endurer quand on a décider de se tenir à quelque chose.

Les bribes d'une agitation soudaine qui envahit le couloir parviennent jusqu'à ma cachette. Le troupeau de seniors doit regagner ses pénates. Bientôt, une jeune infirmière leurs introduira un suppositoire dans le trou de balle et dodo.

A examiner le boulot de ces pauvres filles, j'en conclus qu'il y a des vies pas faciles. S'avaler des années d'études ingrates pour finir par fourrer des vieux comme des dindes de Noël, il y a de quoi déprimer...

Lorsque la poignée de la porte de la chambre se met à

grincer, une vague de sueurs froides me parcourt l'épiderme. Qu'ai-je été faire en cette galère...

7

Je suis la trajectoire incongrue de la mouche avec consternation. Il y a quelque chose d'accablant dans le comportement des Diptères, mais aussi d'insupportablement mystérieux. Le vol de cette stupide drosophile dessine en plein milieu de la pièce un parallélépipède d'une régularité stupéfiante. Elle semble être emprisonnée dans une cage de verre d'un centimètre d'épaisseur qui la contraint à réaliser inlassablement le même circuit. Le plus ahurissant réside dans ces brusques changements de direction à angle droit, comme si elle venait de se cogner à quelques murs invisibles. Autant l'acharnement de ces insectes à vouloir traverser les vitres nous est intelligible – encore qu'une telle obstination vaine confine à la connerie pure et simple – autant ce type de comportement revêt un caractère impénétrable. Ces bestioles auraient-elles accès à des dimensions qui nous échappent ? Se pourrait-il que les vibrations de leurs ailes – dont je vous rappelle que seules deux d'entres-elles leur servent à voler, les deux autres n'étant en fait que des organes stabilisateurs et sensoriels – les catapultent dans un monde parallèle ? Au quel cas leur entêtement à vouloir traverser les carreaux ne serait en fait qu'une manœuvre destinée à revenir dans le monde réel, enfin, le nôtre, qu'elles penseraient avoir quitté. Et si une telle hypothèse se confirmait, ce que nous considérons comme la manifestation d'un entêtement grotesque serait en fait l'expression d'un héroïsme forcené. Il faut vraiment que je demande à Edmond ce qu'il en pense. Les insectes, maintenant, c'est son rayon. On ne peut pas impunément fourrer le ventre de ces bestioles à longueur de journées sans avoir un avis sur la question.

- Paul ?

Messart. J'avais fini par l'oublier. Le rayon de soleil estival qui traverse la fenêtre de son bureau et le combat de cette courageuse petite mouche pour échapper au tourbillon de l'espace-temps me l'ont fait reléguer au rang d'élément du décor. Mais je suis sûr qu'il ne m'a pas fait venir ce matin pour parler entomologie. Messart ne s'intéresse certainement pas à la bravoure des diptères, il est bien trop occupé à fouiller dans la tête des gens. Je suis tenté, quelques fois, de lui faire admettre que vouer sa vie à une telle entreprise devrait le conduire à aller montrer la sienne à un de ses collègues, mais je ne suis pas du genre à essayer de soulever des montagnes. Sans compter que la bienveillance corporatiste dont ne manquerait pas de faire preuve son coreligionnaire apparenterait cette démarche à un coup d'épée dans l'eau. Et puis, à vrai dire, je me fous pas mal de la santé mentale de Messart. Non, ce qui me contrarie le plus, c'est de devoir confier mes circuits neuronaux à un type pour lequel je n'ai aucune sympathie. Lui accorderais-je la plus infime once d'admiration que cet abandon me serait moins pénible. Mais il n'en est désespérément rien et il me semble que l'exercice s'apparente alors à un viol résigné. Lorsque l'on est acculé, pieds et poings liés, mieux vaut se laisser faire et attendre que ça passe plutôt que d'opposer une dérisoire résistance qui n'apporterait que plus de souffrance. Et puis je ne perds pas de vue que Messart est le sauf-conduit qui peut m'épargner la prison, à condition qu'il puisse s'assurer que ma santé mentale déficiente est la seule cause de mes actes odieux. Je n'ai pas d'autre choix que de coopérer, dussé-je pour cela accepter de me faire ausculter le trou du cul à la lampe frontale.

- Oui, docteur ?

Je lui sers volontiers du « docteur » bien que ce titre, comme bien d'autres, m'apparaissent comme le reflet d'un gargarisme excessif dans l'oreille de celui qui l'appelle. Je pourrais voir son œil briller quand ce mot sort de ma bouche. Mon Messart n'est pas peu fier de son diplôme et l'on sent pointer la précellence de l'enfant ayant comblé les ambitions de sa maman. J'imagine la jubilatoire revanche qu'il pense prendre sur les mômes qui lui bottaient les fesses à la récréation. Encore que je suppose qu'il aurait préféré devenir avocat ou notaire ; « maître », ça vous a quand même une autre gueule.

- Paul, j'aimerais que vous me reparliez de votre conversation avec votre père, lorsque vous vous êtes introduit dans sa chambre. Vous voulez bien ?

Voilà donc la raison de notre nouvel entretien. J'étais sûr que Messart n'y entendait rien aux mouches.

Je rassemble mes souvenirs du mieux que je peux afin d'apparaître le plus coopératif possible. Je me souviens que la séance de couchage de mon père a été interminable. Il grognait, comme un enfant furieux d'aller au lit. J'ai touché du doigt, à ce moment là, l'humiliation que devait ressentir nombre de vieux d'être traités comme des mômes, à 75 balais. On ne peut pas dire qu'il se débattait vraiment. Non, on devinait plutôt une attitude résignée mais qui n'en pensait pas moins, une horripilation de subir cette déchéance contre laquelle il ne pouvait rien et qui lui imposait d'accepter l'aide qu'on lui apportait. Je crois que sa souffrance la plus profonde lui venait de l'absence d'égard avec laquelle l'infirmière accomplissait sa tâche et qui donnait l'impression – même de l'intérieur de mon placard – qu'elle aurait tout aussi bien pu travailler dans une usine à empaqueter des poulets sous cellophane. Je ne peux pas dire que cette situation a déclenché en moi la moindre compassion. Après tout, il avait bien ce qu'il méritait. Mais un irrépressible élan d'empathie désincarnée m'a saisi et une prière s'est élevée de mon âme pour qu'il me soit épargné d'avoir à subir un jour ces outrages.

Elle a fini par sortir, lançant un « bonne nuit Monsieur Vallardi » purement mécanique, pressée de passer à sa deuxième volaille. La porte venait à peine de se fermer lorsqu'il a lâché un pet monumental. J'aurais pu choisir cet instant précis pour sortir de ma cachette et l'anéantir totalement mais une once de commisération assurément culturelle m'en a empêché. Cela dit, je sentais clairement que le délai qu'il convenait de laisser entre cette manifestation de notre animalité ordinaire et mon apparition n'était pas facile à évaluer. A quel moment le souvenir d'un vent librement exprimé, sans retenue, se diluait-il définitivement dans le passé lointain lors du surgissement d'un autre être humain dont on ne soupçonnait pas la présence? J'imaginais, en tout cas, que cette durée devait passablement s'allonger lorsqu'il s'agissait de la survenue d'une femme et je m'étais promis de fouiller la pièce de fond en comble avant de me laisser aller à ce genre d'exercice.

J'hésitais sur la mise en scène de mon entrée. J'envisageais de pousser lentement la porte du placard, en conservant ma position assise, accompagnée d'une mine blafarde façon « massacre à la tronçonneuse » ou alors en arborant un sourire trafiqué, campé entre le mannequin « d'Ultra Brite » et Jack Nicholson dans « Shining ». Je n'oubliais pas, comme nous l'avait répété maintes fois Michaud, qu'on n'avait jamais une deuxième chance de faire une première impression. Et même si j'étais certain qu'il avait dû lire cette formule au dos d'un cendrier de bal du 14 juillet, j'accordais volontiers quelque crédit au bien fondé de cette sentence. J'aurais pu aussi sortir comme un diable en caoutchouc de sa boîte mais je n'étais pas tout à fait sûr de vouloir le tuer sur le coup.

J'ai opté pour la sobriété. J'ai poussé la porte qui s'est ouverte dans un grincement – Y a-t-il une seule porte sur cette planète qui s'ouvre en silence ? – et je me suis levé. Il était couché sur le côté, me tournant le dos. Il n'a pas réagi. Les petits bouchons de mousse rose qui dépassaient de ses oreilles y étaient sans doute pour quelque chose. J'ai fait le tour du lit et me suis planté devant lui. Ses yeux se sont lentement levés vers les miens, encore accrochés à une rêverie sûrement intense car il a semblé revenir mollement à la réalité. J'ai pu voir dans ses pupilles le déclic qui l'a fait basculé d'un monde à l'autre et la terreur qui l'a soudain submergé m'a, par projection, glacé les sangs. Puis, dans une ruade, il s'est assis en arrachant ses boules Quies.

- Qu'est-ce que tu fais là, a-t-il lâché, légèrement effrayé.

J'ai gardé le silence, suffisamment longtemps pour prolonger le malaise. Je ne ressentais aucune peur, aucun mal au ventre. J'ai souri, fouillé ma poche et je me suis allumé une cigarette. Dieu qu'elle était bonne, j'en aurais gémi de bonheur.

- Je suis venu te dire que je n'avais pas aimé ta lettre.

Il me regardait, incrédule. Il devait se persuader que j'étais vraiment cinglé.

- Je ne l'ai pas écrite pour te faire plaisir.

- Je n'en attendais pas moins de toi. C'était plus fort que tout, il fallait que tu me plantes un autre couteau dans le dos. Alors même que tu n'es plus qu'une loque, il faut que tu taillades, coûte que coûte.

- Je ne te permets pas de me parler comme ça.

- Si tu savais ce que j'en ai à foutre, de ta permission ! Tu as démoli ma vie et je devrais te demander l'autorisation de te le rappeler ?

- Tu t'y prends très bien tout seul pour ficher ta vie en l'air, tu n'as pas besoin de moi.

- C'est là que tu te trompes, j'avais terriblement besoin de toi. Mais tu étais bien trop occupé à ruminer ta condition de minable cocu pathétique pour voir qu'un petit garçon tendait les bras désespérément. Et peu importe que tu sois mon père biologique ou pas. Moi, je comptais sur toi, tu n'avais pas le droit de me sacrifier sur l'autel de ton existence de merde. Je n'avais aucune responsabilité concernant ta vie. Toi si.

- Je te reconnais bien là. Toujours à pleurnicher sur ton sort. Tu n'es qu'un faible, incapable de prendre son destin en main. Tu es toujours là à attendre que quelqu'un te sorte la tête de l'eau. Ah, tu peux qualifier ma vie de « merde », mais au moins je m'en suis sorti sans rien demander à personne tandis que toi tu patauges dans un cloaque.

J'étais persuadé qu'il n'allait pas tarder à me conseiller de lire du Boris Cyrulnik. Pour ma part, je lui aurais volontiers proposé d'ouvrir un bouquin de Djian. Comment pouvait-on avoir une vision aussi étriquée de l'existence ? Etait-il possible qu'il ne se rende pas compte qu'il m'avait refourgué son paquet de merde sur les épaules ?

J'ai considéré que la discussion était clause. Il n'y avait rien à tirer de ce type-là, il était irrémédiablement englué. La colère qui m'avait envahie à la lecture de sa lettre s'était muée en pure pitié. J'étais sûr de m'en tirer bien mieux que lui, en fin de compte. Ce gars-là se débattait dans des sables mouvants depuis 35 ans et il n'avait réussi qu'à s'embourber un peu plus. J'ai écrasé ma cigarette sur la tablette de sa table de nuit et je me suis dirigé vers la sortie, sans un mot.

- La preuve que j'ai raison, tu n'as même pas été foutu de te trouver une femme.

Il avait lâché ça, encore une fois, par pure méchanceté. On lui arracherait toutes les dents qu'il continuerait à essayer de vous mordre. L'image de Sophie m'a traversé l'esprit. Je me suis retourné et j'ai aperçu ma mère, au fond de la chambre, qui me faisait un signe de tête. Je me suis approché du lit. Je crois qu'à cet instant, il a réalisé qu'il était allé trop loin mais qu'il était trop tard. Il s'est débattu un moment tandis que je lui pressais l'oreiller sur la figure. J'ai attendu plusieurs minutes, les mains crispées sur le coussin, après qu'il a cessé de bouger. Puis je suis ressorti, calmement.

8

Messart n'avait pas cessé de m'observer attentivement pendant que je lui relatais une nouvelle fois cet épisode. Pour ma part, cette évocation ne me laissait pas sans quelque véritable émotion. On ne pratique pas le parricide impunément et, même si je ne regrettais rien, on ne peut pas dire que j'en étais vraiment ressorti intact. J'imagine qu'un arbuste à qui l'on coupe une racine principale ressent un traumatisme similaire, du moins sur le coup. Mais je sais aussi que cette amputation lui apportera plus de vigueur et lui permettra de s'enraciner plus fortement, sur de nouvelles bases. Et l'analogie collait parfaitement à mon état d'esprit.

- Paul ? Vous avez dit que votre mère vous a fait un signe de tête. Que voulait-elle, selon vous, signifier exactement ?

Je me demandais à quel moment il allait en venir à ce point. Je comprends parfaitement bien que la présence du spectre maternelle l'interpelle. A vrai dire, le nœud de la problématique de Messart doit se trouver exactement là. Il y revient sans cesse, à chaque fois qu'elle apparaît dans mon récit. Je suis certain que son hésitation à me parquer dans la catégorie des tueurs en série et à m'envoyer directement en taule vient précisément de ces apparitions inopinées. Il doit réellement se demander si je suis fou à lier, tendance schizophrène, et je reconnais volontiers que je ne lui facilite pas la tâche.

- Oh, c'était très clair. Il fallait l'empêcher de nuire, à tout prix.

Messart se laisse tomber dans le dossier de son fauteuil, les paumes jointes et les deux index collés sur sa bouche. Il cherche une réponse dans mes yeux. J'entame un va-et-vient du regard, de ses prunelles au mur de droite. Je pressens confusément que mon destin n'est pas loin de se jouer à cet instant, qu'il est sur le point de prendre une décision définitive. Mais la ténue hésitation que trahit sa posture le retient de franchir le pas. Non pas qu'il culpabiliserait d'envoyer un « innocent » en prison, mais plutôt qu'il ne supporterait pas l'humiliation personnelle d'une erreur de jugement. Je ne modifie pas d'un iota mes allers-retours oculaires. S'il compte sur moi pour l'aider, il se fourre le doigt dans l'œil jusqu'à la dernière phalange.

9

Je suis vraiment content. J'étais sûr que je pouvais compter sur Edmond. Il partage sans réserve mon opinion sur les mouches, mais en avais-je douté ? Il me montre sa dernière œuvre : un bourdon duveteux qu'il vient de finir de naturaliser. Je le félicite du résultat. Porté par mon enthousiasme, il m'indique des détails auxquels je n'avais pas prêté attention. Les ailes sont légèrement relevées et déployées, en position d'envol et la cicatrice abdominale est quasiment invisible. C'est du bon boulot, sans aucun doute. L'insecte est planté sur une petite brindille qu'Edmond agite dans un simulacre de vol. Il reproduit la vibration des élytres avec sa bouche, on s'y croirait. A l'approche d'un infirmier, il repose sa bestiole dans un mouchoir en papier qu'il replie soigneusement et qu'il fourre dans sa poche. Nous nous éloignons, lorgnant d'un œil la blouse blanche qui semble nous ignorer. Mais avec ces gars-là, on ne sait jamais.

J'entraîne Edmond dans un coin de la cour de promenade et l'invite à s'asseoir sur un banc. Le soleil frappe nos combinaisons règlementaires, diffusant une douce chaleur câline à nos organismes. Sans les grillages de trois mètres de haut qui enceignent la cour, on pourrait s'imaginer dans un square, un dimanche après-midi de printemps. Edmond n'a pas lâché de l'œil notre gardien et affiche un air renfrogné. Je le questionne du regard.

- Ce salaud m'a dérouillé, cette nuit. Et il m'a confisqué une abeille et une coccinelle.

Je m'interroge sur les mécanismes qui peuvent pousser

les gens a autant de méchanceté. Qu'y a-t-il dans les activités d'Edmond qui puisse prêter le flanc à une telle cruauté ? Ne voient-ils pas que cet homme s'est métamorphosé – mais n'en a-t-il pas toujours été ainsi ? – en petit garçon ?

J'estime que le moment est opportun pour lui parler de mes projets. Je me penche à son oreille et lui déballe mon plan. Un sourire s'épanoui sur son visage. J'en conclus qu'il est d'accord.

10

Messart m'a donné un nouveau rendez-vous. J'ai cru sentir, à la manière dont il a amené la chose, que ce serait le dernier. Il devient évident qu'il ne peut plus céder bien longtemps à la procrastination et qu'il est urgent de statuer sur mon cas. Autant l'erreur de diagnostic risque de le blesser dans son amour-propre, autant l'absence de décision le décrédibiliserait devant sa hiérarchie.

En me rendant à son bureau, solidement encadré par deux brutes épaisses qui m'ont fermement empoigné les bras, je parie sur le contenu de notre entretien. Je fais mentalement le tour des épisodes sur lesquels il est revenu. S'ils ne suivent pas une chronologie scrupuleuse, je constate qu'il les a tous passés en revue au moins deux fois, réclamant au passage de plus amples éclaircissements. Il n'y a bien que sur la période qui a précédé mon arrestation sur laquelle il ne m'a pas renvoyé...

11

Je rencontre plus de difficultés que prévu à regagner ma voiture. Enfin, « prévu » est un terme excessif, je n'ai jamais conjecturer sur la façon de quitter la maison de retraite. A vrai dire, je ne me suis même pas posé la question en décidant d'y aller : j'ai imaginé vaguement la manière dont je m'y prendrais pour entrer et je n'ai pas été effleuré par l'idée qu'il faudrait que je ressorte. Je demeure troublé par cette impasse, digne du plus médiocre bachoteur. Quoiqu'il en soit, je finis par me glisser dans la cour sans me faire surprendre par les infirmières. Je suppose qu'elles sont réunies dans la salle de repos, bien contentes de trouver un moment de détente après le coucher des vieux fauves et j'ai pu profiter de l'éclipse de la standardiste pour quitter l'établissement.

Je reste un moment prostré dans ma voiture, incapable de prendre la moindre décision. Je ne me sens pas véritablement accablé par le poids de la culpabilité. Non, ce n'est pas vraiment ça ; je ressens plutôt le néant de la page tournée. J'ai le sentiment d'abandon, de vide, de démission au monde de celui qui vient de fermer un livre qu'il voulait ne voir jamais finir mais dont il trépignait de connaître le dénouement. Je reste exsangue, orphelin à la vie. De quelle nourriture mon âme pourrait-elle se sustenter après cet accomplissement œdipien ? Quel sang nouveau devrais-je sucer pour ne pas en éprouver la désolante tiédeur ? Je ne sais plus, fondamentalement, à quel Saint vouer ma triste existence. Oh, bien sûr, j'ai l'intuition de la limite de ce parricide factice : je n'ai éliminé qu'un imposteur, un usurpateur. Je ne connaîtrai sans doute jamais le véritable auteur de mes jours. Mais de quelle péripétie, au juste, suis-je le fruit involontaire ? Un coup de reins maladroit ? Un Amour caché et éternel ? Je soupçonne davantage une idylle sacrifiée sur l'autel du réalisme féminin. La vie s'épanouirait-elle donc sur le terreau de nos Ames en décomposition ?

Je me résous à quitter les lieux. Je pressens que le salut trouve son ignition dans le mouvement des corps. Je roule doucement, tous feux éteints, jusqu'à la barrière qui s'ouvre automatiquement de l'intérieur. Par la fenêtre ouverte, je constate avec satisfaction qu'elle n'émet aucun grincement…

12

Rien ne se passe jamais vraiment comme on l'a prévu. Les événements tanguent comme un mégot pris dans le courant d'un caniveau. Lorsque vous mettriez votre main à couper qu'il va être stoppé par l'étron qui entrave son passage, il le contourne subitement, comme entraîné par quelques forces invisibles. C'est à désespérer de la physique la plus élémentaire ; à croire que l'Ordre des Choses est une notion purement théorique.

Quoiqu'il en soit, je raccroche le téléphone un peu ahuri. La directrice de la maison de retraite vient de m'annoncer la mort de mon père avec le plus parfait détachement. Non qu'elle n'y ait mis les formes de rigueur, m'assurant de ses plus sincères condoléances dans cette douloureuse épreuve, mais avec un fatalisme à peine voilé qui m'a scié les jambes. Si l'on excepte le français impeccable dans lequel elle s'est acquittée de sa tache, la désincarnation totale de son discours n'avait rien à envier à celui des opératrices des centres d'appel. Je l'imaginais déroulant l'argumentaire type qui défilait sous ses yeux, sur un écran d'ordinateur, et je me demandais à quel moment elle allait me proposer un « Pack-Cercueil-Obséques » à 899,90 €. Mais voyons le bon côté des choses, elle m'a noyé sous un tel flot de paroles ininterrompu – craignait-elle de perdre le fil de son écœurant propos ? – qu'aucun mot n'a pu sortir de ma bouche. Je m'étais pourtant préparé à lui jouer du Molière – moi dans le rôle d'Harpagon et mon père dans celui de la cassette – mais ça n'a pas été nécessaire. Mon hébétude qu'elle a attribuée, pour de mauvaises raisons, au choc provoqué par son annonce, l'a finalement ramenée sur les territoires plus humains de la compassion ; un brin bidouillée, il est vrai, mais au moins s'est-elle obligée à sortir de quelques sentiers trop battus. Sans que j'aie eu la moindre question à formuler, elle m'a certifié qu'il n'avait pas souffert et que le médecin de l'établissement avait conclu à une apnée du sommeil. Il n'était pas, selon lui, nécessaire de procéder à une autopsie, tant les signes cliniques paraissaient évidents, et que l'autorisation d'inhumer serait délivrée dans l'après-midi. Elle s'excusait de m'importuner avec toutes ces informations et me contacterait un peu plus tard pour mettre au point les détails de l'organisation des funérailles et m'assurait de son entière coopération dans cette démarche.

Je garde les yeux fixés sur mon téléphone, persuadé qu'il va se transformer en citrouille. Aurais-je, ce coup-ci, réalisé mon crime parfait ? Nonobstant que l'échec des deux autres ne changerait pas grand-chose à l'affaire, j'en tire néanmoins une certaine satisfaction. Dussé-je payer le prix pour ces derniers, celui-ci resterait impuni, et ce n'est pas le moindre. S'il ne s'agit pas d'une apothéose, cette modeste victoire m'arracherait une petite larme de jubilation, si je n'y prenais garde. Non parce que je juge que cette manifestation d'allégresse serait déplacée ou inconvenante, mais j'estime m'être suffisamment répandu et mes larmes, eussent-elles été de joie, sont bien trop précieuses pour le compte de ce macchabée-là. Ne réserve-t-on pas ses plus beaux habits pour les grandes occasions ?

Bref. Mon combiné renonçant manifestement à se changer en cucurbitacée, j'en conclus que tout cela est bien réel. Je me lève, l'esprit léger, allumant au passage une cigarette et je fonce vers la bouteille de Jack Daniel's pour fêter l'événement. Je vide mon verre comme s'il s'agissait d'un simple jus de pomme et le lève vide à la santé du Receveur Principal des Postes Vallardi.

Il y a des jours où la vie se fait légère, où l'on décide de poser le sac que l'on tirait en suant sang et eau, sans vraiment savoir pourquoi. Ce baluchon qu'on bourre consciencieusement de blocs de pierre et qu'on s'échine à traîner malgré tout, bien qu'il laisse un sillon de plus en plus profond derrière nos pas. Ce matérialisme du désespoir est consternant. Quelle mécanique insaisissable nous contraint à trimbaler nos ecchymoses au prétexte qu'elles ont marqué nos chairs ? La valeur du guerrier se déduit-elle du nombre de ses cicatrices ou de l'absence de blessures ? L'idée que je porte ce fardeau depuis tant d'années comme un étendard clandestin m'anéantit à posteriori ; il suffisait d'ouvrir la main pour libérer la sangle qui me sciait l'épaule.

13

Les feuillages frémissants écharpent les rayons moribonds du soleil qui viennent se broyer, agonisants, sur le chemin goudronné qui mène au crématorium. Le jour semble décliner prématurément, insensible à l'appel de la saison qui pourtant lui intime le contraire. J'ai toujours pensé qu'un enterrement devait baigner dans la lumière chaude d'un soleil éblouissant ou se noyer sous des hallebardes. Cette demi-mesure climatique cingle comme la confirmation de l'insignifiance de l'événement.

Toujours est-il que la directrice n'a pas menti, elle s'est occupée de tout. Mon père a laissé des instructions précises qu'elle a appliquées à la lettre. J'ai cru comprendre que le chèque qui accompagnait ses dernières volontés était de nature à diluer les moindres réticences. Néanmoins, bien qu'il ait expressément indiqué qu'il souhaitait être incinéré de manière totalement anonyme, elle a estimé que ma présence était souhaitable. Je ne sais pas si ce parti pris relève d'une naturelle commisération à mon égard ou si il est dicté par quelque obligation légale. De toutes façons, les morts ne font pas opposition sur les chèques…

Le hall d'entrée du bâtiment a de quoi vous refroidir. Aucune chance d'ignorer l'endroit où l'on se trouve, et si le doute devait malgré tout persister, l'étalage des urnes funéraires exposées sur les rayonnages de verre le balaye définitivement. Le thermomètre digital vissé sur le mur indiquant 22,3°C doit certainement être monté à l'envers.

La directrice vient à ma rencontre. Tenue sobre : petite

jupe foncée, escarpins noirs, chemisier chocolat. Seule une broche trop clinquante en rehausse exagérément l'élégante austérité. Sinon, elle est globalement plutôt jolie. Sa voix n'a rien trahi de particulier au téléphone et je ne l'avais encore jamais rencontrée. C'est idiot, mais je m'attendais à une vieille femme, sans doute parce que le contexte de son métier devrait l'avoir sculptée à l'identique. Les puéricultrices étant souvent de jeunes femmes, on ne devrait trouver que de vieilles directrices en gérontologie. Mais, soyons honnête, je n'ai encore jamais consulté un médecin malade ou un garagiste en panne.

Elle me guide jusqu'à la salle de crémation et je la suis, un peu vague.

Le corps repose sur un catafalque, les mains repliées sur le ventre. Le teint cireux témoigne du peu d'application dans les soins prodigués par le thanatopracteur. Faut-il lui en vouloir ? A quoi bon se casser la tête pour deux malheureux témoins.

Le décor de la salle mortuaire n'a rien à envier au hall d'accueil. Les deux minuscules couronnes de fleurs artificielles qui ont été déposées de chaque côté du cercueil représentent la seule fantaisie du lieu. Sans doute ont elles été généreusement mises à disposition par l'office funéraire. Il faut bien reconnaître que ça ou rien n'aurait pas changé grand-chose à l'affaire.

Je fixe un moment la trombine irréelle de Vallardi-père. Je souris à l'idée qu'on lui a bourré le trou du cul de coton hydrophile. Je reste néanmoins les bras ballants, incapable de déceler l'attitude opportune. La directrice me surveille du coin de l'œil, guettant une réaction de circonstance qui m'échappe complètement. Je n'imagine pas fondre en larmes – je ne saurais pas comment m'y prendre – ni le gifler bien que cette option m'apporterait un vrai soulagement. Je me contente de me tourner vers elle, absent de moi-même, pour la contraindre à abandonner sa malsaine inquisition. Elle me fait signe de la rejoindre tandis qu'un homme en costume noir s'approche de moi, m'assurant de ses plus sincères condoléances, et m'indiquant qu'il allait « procéder ».

Un tapis roulant embarque le cercueil de mon père vers une petite trappe. On se croirait à Orly, dans le hall de réception des bagages. La porte à baïonnette s'ouvre dans un souffle, avale la barque du vieux et se referme aussi sec. Je reste un peu désemparé. Maintenant que la bière a disparu, j'ai le sentiment que plus rien ne justifie ma présence. Dois-je applaudir à la fin du spectacle ?

Le costume noir nous fait signe de le suivre et d'attendre la fin des opérations dans un petit salon qui jouxte la pièce. L'affaire ne devrait pas prendre plus d'un quart d'heure.

Je m'écroule dans un fauteuil moelleux, les bras pendants sur les accoudoirs, tandis que la directrice pose à peine ses fesses sur les bords de l'assise. Je suis lessivé. Mes yeux vides errent dans la pièce, cherchant un objet auquel se cramponner pour ne pas tomber de leurs orbites. Malgré ses jambes serrées, j'aperçois, par en dessous, la fine dentelle noire de la culotte de mon accompagnante que je ne peux m'empêcher de reluquer. Aurais-je trouvé ma planche de survie ? Je me laisse doucement glisser un peu plus dans mon fauteuil pour profiter davantage du point de vue. D'un coup d'œil furtif, elle me prend en flagrant délit et je sens le sang affluer vers mon visage. Elle me répond par un léger sourire et, avec une retenue purement érotique, desserre légèrement ses genoux, ne me quittant pas des yeux. Je trouve qu'elle est sacrément gonflée, bien qu'il me serait strictement impossible de prouver l'intentionnalité de son acte. Je la vois d'ici jouer les vierges effarouchées si j'émettais le moindre reproche sur sa conduite.

Je descends ostensiblement le regard vers l'objet du

délit et remonte aussitôt chercher l'approbation dans ses yeux. Je suis conscient du point de non-retour que signifie cette œillade mais, au moins, les cartes seront retournées sur la table ; à moins qu'elle ne me les balance à la figure.

Son sourire s'élargit, en même temps que ma bite dans mon pantalon. Lorsqu'elle entrouvre encore un peu les cuisses, je m'imagine déjà en train de lui brouter la chatte, à genoux devant son fauteuil. Elle se laisse à son tour tomber dans le dossier, m'offrant une vue imprenable. Elle s'assure de son effet en calibrant ouvertement la bosse qui s'est formée au niveau de ma braguette, puis ses mains saisissent le bas de sa jupe pour la descendre.

Cette femme est incroyable. Je suis sûr que la moindre goutte de sang disponible dans mon organisme se concentre maintenant dans ma queue et c'est le moment qu'elle choisit pour me la couper à ras. Je la fixe, les yeux en soucoupe, la mâchoire légèrement pendante, hébété. Elle s'amuse de l'inquiétude qui s'affiche sur mon visage à cet instant et inverse très lentement la manœuvre. Les paumes à plat sur les cuisses remontent langoureusement et entraînent l'étoffe avec elles. C'est un spectacle à peine pensable. Cette fille me fait un strip-tease hallucinant. Et s'il a toute l'apparence d'un cliché un peu défraîchi, je dois reconnaître que l'ingénuité mâtinée d'un allumage en règle à de quoi faire bander un mort. Mais pour ce qui concerne celui que nous sommes venu voir, je doute qu'il reste quelque chose de sa bite à l'heure qu'il est.

Le tissu relevé jusqu'au nombril dévoile maintenant une peau halée qu'elle n'a pas eu besoin de dissimuler sous des bas, bien qu'un porte-jarretelles n'aurait rien retiré au spectacle. Cette gourgandine doit bien approcher la quarantaine – une jeune fille aurait-elle été capable d'une telle effronterie ? – mais je dois avouer qu'elle se défend bien. Son grain de peau satiné affiche une fermeté qui ferait baver d'envie la plupart des adolescentes.

Lorsqu'elle décide de passer ses doigts dans son slip et que la déformation de la dentelle indique sans équivoque qu'elle est en train de s'en introduire un dans la fente, je suis près à lui faire la toupie. Malencontreusement, un bruit de porte nous ramène à une réalité plus terre à terre et nous reprenons simultanément une posture plus convenable. Le costume noir s'approche de moi et me tend l'urne funéraire dans laquelle sont déposées les cendres de mon père. Je la récupère, sans me lever – c'est strictement impossible, ma braguette n'y résisterait pas – et remercie d'un signe de tête. Derrière le dos du « procédant », la directrice passe son majeur sous son nez pour en éprouver les fragrances et l'introduit, à mon attention, goulûment dans sa bouche, en baissant les paupières. Je prends conscience qu'à ce train-là je vais devoir rester au moins une heure dans ce foutu salon pour pouvoir remettre mon drapeau en berne.

Alors que « monsieur-tapis-roulant-en-chef » s'apprête à quitter la pièce, elle se lève soudain et lui emboîte le pas.

- Je vais vous laissez seul quelques instants avec votre père, lâche-t-elle. Je vous attends dans le hall.

Je la regarde partir, incrédule, la bite en l'air et les mains vissées à l'urne dont je ne sais pas quoi faire.

« Ce vieux con m'aura fait chier jusqu'au bout », pensé-je à part moi.

*

Je crois que je l'aurais bien prise tout de suite, dans les chiottes du funérarium. M'aurait-elle proposé d'aller s'allonger dans le four que je l'aurais suivie.

Bref. Je pose les cendres à mes pieds et entreprends de ranger mon engin en le coinçant à l'horizontale dans mon pantalon. En glissant une main dans la poche, j'arrive à dissimuler tant bien que mal son exubérance. Je rajuste la veste par dessus, au cas où il m'échapperait à la suite d'une fausse manœuvre, ramasse le vase de ma main libre et file vers le hall.

Je balaye l'entrée de mes yeux exorbités et tombe sur le réceptionniste qui m'indique le parking de la tête. Après avoir poussé la porte de l'épaule – mes deux mains sont prises – je cavale sur le bitume à la recherche de … je ne sais même pas son nom. Chaque foulée m'arrache une grimace – avez-vous déjà essayé de courir avec une trique d'enfer ? – puis j'aperçois une Mini Cooper rouge et blanche passer la barrière automatique. Je maudis le Ciel de ne pouvoir lui faire un signe de la main.

14

J'erre dans l'appartement, passablement perturbé. Un coup d'œil par la fenêtre du balcon me confirme la morosité de cette journée. Le ciel vire au noir et des éclairs se déchaînent à quelques kilomètres de là. En temps normal, je me serais amusé à compter les secondes entre les zébrures célestes et le bruit du tonnerre, mais je n'ai pas le cœur à ça. Je constate simplement l'implacable symétrie du climat et des états d'âmes. Y a-t-il une seule personne sur cette planète qui puisse se représenter une scène de bonheur sous des trombes d'eau ? L'allégresse ne s'habille-t-elle pas nécessairement de généreux rayons de soleil ?

Quoiqu'il en soit, le temps est à l'orage, comme mes sentiments intimes. La salope. Je réalise la réduction qu'impose ce substantif, voire son ambiguïté, mais j'ai beau me creuser, je ne vois rien de mieux. La salope.

Pour le coup, ma virilité s'est définitivement recroquevillée sur elle-même et l'évocation mentale de son show au salon du crématorium d'il y a deux jours n'entraîne strictement aucune réaction. Dieu sait pourtant que j'étais prêt à toutes les compromissions, ne serait-ce que pour passer ma langue sur sa fente que j'imaginais dégoulinante d'un délicieux nectar. J'étais déterminé à abandonner immédiatement une de mes testicules à la science en échange d'un chevauchement furtif. Mais là, plus rien, la douche froide. Se peut-il qu'on se trompe avec une telle régularité sur les femmes ? Sommes-nous génétiquement programmés à l'erreur perpétuelle ? Sans doute faut-il accepter l'idée que nos hormones sexuelles sont de piètres neurotransmetteurs. Ou plutôt que la production des unes inhibe la production des autres. Acceptons une bonne fois pour toutes qu'il nous est impossible de réfléchir sérieusement avec la queue au garde à vous.

Toujours est-il, j'ai beau connecter dans tous les sens, je ne vois pas où elle veut en venir. Cette fille me fait un cinéma à tout casser et me décoche dans la foulée un direct au foie.

Un « clic » m'informe du rembobinage de la cassette vidéo. J'appuie sur «Play», cherchant confusément une confirmation que je n'ai pas trouvée malgré déjà trois visionnages. Les coupures entre les scènes démontrent irréfutablement la grossièreté du montage. La date et l'heure apparaissent en incrustation en bas à droite de l'image.

On m'y voit d'abord sortir de ma voiture, sur le parking. Sur le plan suivant, je suis dans le hall de la maison de retraite et j'attends l'ascenseur. Plus tard, je suis filmé sortant de la cabine et m'engageant dans le couloir désert qui mène à la chambre de mon père. Puis dans les scènes suivantes, le même scénario, en sens inverse, à près d'une heure d'intervalle.

J'allume une cigarette et j'éjecte la vidéo. Je l'inspecte sous toutes les faces, sans résultat. Une cassette tout ce qu'il y a de banal, si ce n'est mon nom au feutre noir sur l'étiquette. Je l'ai trouvée ce matin dans ma boîte aux lettres, dans une enveloppe kraft estampillée du cachet de la maison de retraite. L'absence de timbre et de nom de destinataire démontre qu'elle a été déposée en mains propres dans ma boîte. Et aucun courrier ne l'accompagnait.

Qu'est ce que ça veut dire ? Une question stupide me

taraude : avait-elle déjà visionné les cassettes de télésurveillance avant sa prestation au funérarium ? Et tout cela était-il prémédité ? Je me rends compte que la réponse à ces questions ne réglerait rien. Dans un cas comme dans l'autre, le problème reste entier.

J'échafaude des hypothèse : veut-elle me faire chanter ? Ce serait inutile car, à part les 245.34€ qui croupissent sur un compte épargne, je n'ai aucune monnaie d'échange à lui proposer. Essaie-t-elle de me dire qu'elle sait mais que je n'ai rien à craindre ? Dans ce cas, pourquoi ne pas avoir joint un mot d'explication ?

Une chose est sûre, elle s'est donnée du mal. Ce montage vidéo a exigé un minimum d'application et de temps. Je ne peux ignorer qu'il s'inscrit dans une stratégie.

Un éclair déchire le ciel et le fracas qui l'accompagne ébranle violement les fenêtres qui résistent par pur miracle. Il est à peine midi et la nuit s'installe déjà. Je me mets à ricaner. « Encore un crime parfait ? », ironisé-je. Comme minable serial killer, je me pose là. Ca ne tient plus du faux pas imprévisible, c'est de l'amateurisme.

J'avise la bouteille de Jack Daniel's qui me fait de l'œil. J'hésite à succomber à son charme. Je ne suis pas sûr que la nature psychotrope de son contenu soit opportune. Je ne suis pas suffisamment abattu pour devoir m'engourdir le cortex.

Je fais le point sur la situation. Si j'admets que cette fille cherche à me coincer, de quoi dispose-t-elle ? La vidéo ne prouve qu'une chose : je me suis rendu à la maison de retraite la veille de la mort de mon père et j'y suis resté une heure environ. Rien dans mon attitude sur le film ne peut laisser supposer que j'ai cherché à me cacher. Le tout est de trouver une raison bien crédible à ma présence sur les lieux. Et si le doute s'insinuait dans l'esprit de quelque enquêteur, seule une autopsie pourrait le confirmer.

Je hasarde un regard sur l'urne qui trône sur la table. Je m'en approche et soulève le couvercle. Je secoue la poudre paternelle dont quelques particules s'élève dans un petit nuage gris. Le médecin légiste ne va pas se marrer…

15

Messart cherche visiblement à se contrôler, mais son impatience est perceptible. Ce type-là ne pourrait jamais aller pêcher, les poissons le renifleraient à cent mètres. J'aurais pourtant juré que tous les psy étaient immanquablement flegmatiques, que rien ne pouvait les déstabiliser, mais lui, je l'imagine facilement en train de piquer une grosse colère. Je ne sais pas ce qui le met dans cet état. Peut-être l'échéance d'une décision qu'il n'arrive pas à prendre.

- Bien. Et ensuite, qu'avez-vous fait ?

En fait, j'ai vidé les cendres dans les chiottes, par pure précaution. Et je me suis tapé la bouteille de Jack. Mais je ne suis pas sûr que ce soit la réponse qu'il attende.

- J'ai appelé la directrice, le lendemain, car je n'avais pas de nouvelles.

- Et alors ?

Et alors rien. Cette conne m'a vouvoyé comme si elle ne me connaissait pas. Sans blague, une fille qui m'avait quasiment montré sa chatte.

J'ai bien cherché à la sonder mais pas moyen de savoir si la cassette venait d'elle. J'ai été incapable de la débusquer en douceur, si bien que j'ai dû mettre les pieds dans le plat. « Une cassette ? Quelle cassette ? ». C'est tout ce qu'elle a trouvé à dire. Mais Dieu que tout cela sonnait faux. Question strip-tease, il n'y avait rien à redire, mais pour la comédie, elle pouvait se rhabiller.

Quoiqu'il en soit, elle n'en a pas démordu. Elle jurait ses Grands Saints qu'elle ignorait tout de cette vidéo. J'ai hésité à lui en communiquer le contenu mais, à la réflexion, j'y ai renoncé ; soit elle le connaissait parfaitement et je perdais mon temps, soit elle n'en savait rien et c'était mieux comme ça. J'ai changé de sujet et lui ai proposé de l'inviter à dîner mais elle a décliné.

Franchement, c'était à n'y rien comprendre. A quoi jouait-elle, bon Dieu ? Après le numéro qu'elle m'avait fait, elle se comportait comme l'oisillon tombé de sa branche. J'hésitai un instant à lui rappeler ses frasques mais finalement je renonçai. Je ne voulais pas me montrer trop mufle et j'en venais même à me demander si je n'avais pas rêvé tout ça. Bref, cette fille restait une énigme.

J'avais raccroché, considérant que je n'avais pas avancé d'un iota. Je ne savais pas par quel bout attraper les choses et j'en revenais à mon point de départ. Cela dit, je ne pouvais ignorer le macaron de la maison de retraite sur l'enveloppe qui contenait la cassette et le fait que la personne qui avait fait le montage avait été capable de m'identifier. Ces éléments me ramenaient invariablement à cette satanée aguicheuse.

- Bien. Et après ce coup de téléphone, Paul, qu'avez-vous décidé ?

Messart commence à me taper sur le système. J'ai l'impression de boucler. Il me semble que je lui ai déjà raconté cette histoire mille fois. C'est assez insupportable.

Sans doute parce que c'est là que j'ai précipité ma chute…

16

Ce dialogue de sourds avec la directrice m'a mis dans tous mes états. Je traîne dans l'appartement, faisant les cent pas, sans conviction. J'ai la discutable impression que marcher m'aide à réfléchir. En réalité, je comprends que, de toute façon, je suis dans l'impasse. Quelque soit l'hypothèse que j'échafaude, je ne peux entrevoir aucune certitude. Tant que je douterai de la sincérité de cette fille, je n'ai aucune chance d'avancer. En fin de compte, je n'ai pas d'autre choix que de considérer qu'elle ment. Parce que si tel n'était pas le cas, le mystère s'épaissirait davantage. Aussi bien pour la vidéo que pour l'allumage en règle.

Je décide qu'il en est ainsi. C'est une sale menteuse, un peu vicieuse. Une fille qui vous met la bite en l'air puis vous balance un seau d'eau glacée au moment où vous pensez conclure ne peut être que perverse. Et je dois reconnaître que j'ai eu mon compte de ce type de spécimen. Faut-il que nous soyons stupides au point de nous laisser mener par le bout de la queue ?

J'en arrive à classer Astride au rang des exceptions. Car ne comptez pas sur elle pour ne pas finir le boulot ou vous écrabouiller avec un coup tordu. C'est tout de même assez réconfortant de savoir que la gente féminine n'est pas uniquement composée d'une horde de crotales. Mais il faut bien reconnaître qu'on serait vraiment plus peinard si l'on décidait de les parquer dans un vivarium. On pourrait emprunter les Chemins de la Vie sans se soucier de faire gaffe où l'on pose ses pieds.

J'attrape mon paquet de cigarettes. Vide. Il va falloir que je sorte en acheter. Je cherche mes clés lorsqu'une pensée idiote prend forme dans mon esprit. Je prends le temps de l'examiner une seconde, hésite, pèse le pour et le contre et décide de foncer. Je file à mon ordinateur et commence à farfouiller sur Internet. Je finis par trouver ce que je cherche et note précieusement les indications sur un papier que je fourre dans ma poche.

17

Une demi-heure plus tard, j'entre dans les remparts d'Avignon par la porte Magnagnen. Je jette un coup d'œil à mon papier. J'enfile la rue du Bon Martinet et débouche dans celle des Teinturiers. Il est près de 18 heures et le ciel nous gratifie encore d'une lumière bleu glacier. La fenêtre ouverte laisse s'engouffrer un peu d'air tiède. Les silhouettes des passants bigarrent les façades ocre de la vieille ville. Je vérifie les numéros sur les murs et finis par trouver.

Je me suis garé dans une petite ruelle contiguë. J'avise la porte de l'immeuble. Elle est commandée par un digicode. J'appuie sur le bouton d'ouverture libre – avant 19 heures, on peut toujours tenter le coup. La gâche cède dans un claquement et je pousse l'huis en bois en bénissant l'inventeur de la condamnation programmée. Je débouche sur une petite cour intérieure ornée de massifs fleuris et d'un bassin à jet d'eau. Dans un angle, un immense palmier trône dans une jarre en terre émaillée. Manifestement, les gens qui crèchent là ne pointent pas au R.M.I.

Dans le second hall – il faut ce qu'il faut – je consulte les boîtes aux lettres. Je trouve celle de Miss Allumeuse, directrice de maison de retraite de son état. « M. & Mme Bredin-Collard ». Aie ! Ce détail m'a échappé lors de ma recherche sur « pagesjaunes.fr ». Alors comme ça, madame-culotte-à-l'air convole en justes noces. La coquine se fait peut-être du rouge aux joues à bon compte. Le mieux pour le savoir – et tout le reste – c'est de monter vérifier. 2éme gauche. Et tant pis pour la rencontre du troisième type si je tombe sur le mari de la volage.

Je sonne à la porte. M. Bredin-Collard m'ouvre en costume trois pièces. Il vient manifestement d'arriver car il tient toujours ses clés de voiture dans la main. Il me dévisage, interloqué.

- Oui ?

- Je suis M. Vallardi, j'ai rendez-vous avec... votre femme, je pense. C'est à propos de mon père...

Il reste un moment immobile et muet, façon arrêt sur image, puis il se reprend.

- Ici ? Vous êtes sûr ?

- Vous savez, je n'aurais pas pu trouver votre appartement par hasard. D'autant plus que je ne suis pas de la région.

- Oui, je comprends, mais c'est que ma femme ne rentrera pas avant sept heures.

- Oh, ça n'a pas d'importance, je ne suis pas pressé. A moins que cela ne vous ennuie que je l'attende ici.

Il se fige de nouveau. Je reconnais volontiers que la situation n'est pas banale. Il doit être en train de se demander ce qui a bien pu passer par la tête de sa femme pour me donner rendez-vous chez eux. Je pressens aussi qu'il n'est pas d'humeur à faire la causette. Je le dérange manifestement. Peut-être a-t-il ses rituels lorsqu'il rentre le soir chez lui, comme se servir un scotch en regardant la télé ou se taper une bonne queue en feuilletant un magazine porno. Je serais tenté de lui dire de ne pas se gêner pour l'un ou pour l'autre, mais on ne se connaît pas encore très bien.

Son corps qui reprend vie semble indiqué qu'il a tranché la question.

- Entrez, je vous en prie.

Il me conduit jusqu'au salon. Design ultra moderne, style dépouillé, verre, métal et cuir sombre. Une grande baie vitrée s'ouvre sur une terrasse en teck qui surplombe la cour intérieure. Le bruit du jet d'eau parvient jusqu'à la pièce, dans un murmure apaisant. Il me fait signe de m'installer dans un canapé et me propose à boire.

- Scotch glace, s'il vous plait.

Il sort deux verres en cristal ciselé et s'éloigne, sans doute à la recherche de glaçon.

Le canapé, s'il est beau, est particulièrement inconfortable. Trop dur, mauvaise ergonomie. J'en profite pour parcourir l'environnement des yeux. Des toiles abstraites cassent la monotonie des murs en glacis grège. Les meubles aux lignes épurées accentuent l'austérité de la décoration. A vrai dire, ce lieu respire l'absence de personnalité. Ce n'est ni plus ni moins qu'un mauvais show-room de créateur prétentieux. Je parierai que le type se fait appeler Roger Beaubois.

Il revient avec un seau à glace, nous sert deux bons verres et dépose un glaçon dans chacun d'eux à l'aide d'une pince en argent. Je le remercie d'un sourire et d'un signe de tête, convaincu qu'il ne soupçonne même pas l'existence des restaurants de routiers.

Je me décide à briser la glace.

- Vous êtes dans quelle branche ?

- La banque. Je suis le Directeur de la succursale principale d'Avignon.

Je n'en demandais pas tant. Je guette le moment où il va me tendre sa carte de visite et me proposer un crédit. Pourquoi faut-il que la plupart des types cherchent à vous en foutre plein la vue avec leurs titres à la con ?

- Et vous ?

- Je vends des robinetteries.

Léger rictus. Il doit se dire que ce n'est pas son jour de chance. Tout ça est bien mal parti. Si encore j'avais été plombier, il aurait pu me demander de resserrer un siphon qui goutte. Mais là, il se demande visiblement de quoi on va bien pouvoir parler. Il y a quelque chose de pathétique chez un homme de plus de quarante ans connaissant ce qu'il considère comme une certaine forme de réussite professionnelle. Il semble s'opérer en lui une sorte de déconnexion, comme si un gros orage avait tout balayé sur son passage et remis le compteur à zéro. Pour ma part, j'ai du mal à croire que la Vraie Vie commence lorsqu'on devient directeur d'agence bancaire.

Il porte le verre à ses lèvres, ne laissant passer qu'un mince filet de scotch dans sa bouche, témoignant ainsi d'une réserve que j'imagine permanente. Il a éradiqué de son univers tout entier – disons de la part que j'en connais – toute aspérité, toute once d'extravagance. Je suis persuadé que la cour de l'immeuble avec son jet d'eau et son palmier doit représenter pour lui une audace excessive.

J'avale mon verre d'un trait et croque bruyamment les glaçons. Il ne peut retenir un coup d'œil et une moue gênée à mon égard. Je lui souris. Il regarde sa montre. Le temps lui parait long. Je devine les reproches qu'il va faire à sa femme.

Il est embarrassé et cherche visiblement à éviter mon regard, ce qui me laisse tout le loisir de l'observer. Il manque singulièrement de charme. Non pas qu'on s'attende à un charisme éblouissant s'agissant d'un directeur de banque, fut-il celui de la principale succursale d'Avignon, mais il y a des limites à l'insipidité. Mon insistance à le détailler finit par le mettre mal à l'aise. Il décide de se lever.

- Vous m'excusez une seconde ?

J'acquiesce d'un signe de tête. Qu'il fasse comme chez lui. Il disparaît dans un couloir, abandonnant son verre sur la table basse.

La vie est étonnante. Elle vous fauche en plein vol, comme ça, sans prévenir. Aurais-je pu prévoir l'émergence de l'idée qui traverse maintenant mon esprit ? Tout ça n'a aucun sens et se met pourtant en place avec une limpidité déconcertante. J'ai toujours pensé que j'avais grandi trop vite, que mon enfance m'avait quitté beaucoup trop tôt et que je payais cette célérité par quelques retours de manivelle fulgurants. Un psy aurait été tenté d'appeler ça une régression mais je trouve le terme trop péjoratif. Quoi qu'il en soit, il ne faut jamais rater une occasion de retrouver ses huit ans, en tout cas c'est ce que je me dis en me reboutonnant. Et puis cinq centilitres de pisse dans le whisky, ça n'a jamais tué personne. C'est idiot, mais je me sens encore mieux après ça. Pour un peu, je trouverais presque la déco sympa, le canapé confortable. J'attends même que l'autre con revienne boire un coup et je suis sûr de le trouver moins chiant.

Lorsqu'il réapparaît, il a l'air contrarié. Il revient s'asseoir sur le canapé. Il frotte ses mains l'une contre l'autre, le regard fuyant. Il hésite à attraper son verre puis se ravise, tournant la tête sur le côté, comme interpellé par un événement invisible. Il a l'air d'un type qui tergiverse, qui hésite à se jeter du pont les pieds attachés à un élastique. J'accentue ostensiblement mon regard sur lui, histoire de l'emmerder un peu plus. Je trouve ça incroyable d'en être arrivé là. Il fait partie de ces individus qui vous amènent malgré vous à ces extrémités. J'étais venu voir sa femme – on se demande d'ailleurs ce qu'elle est en train de branler, celle-là ? – je n'imaginais même pas qu'il y ait un monsieur-machin-truc, je fais des efforts pour être civil et patient et il réussit l'exploit de se rendre antipathique à la vitesse de l'éclair. Ca ne fait pas une heure que je le connais et j'ai déjà envie de lui chier dans les bottes. Et le plus marrant dans l'histoire, c'est qu'il a à peine ouvert la bouche. Non, y a pas à dire, il y a vraiment des types qui sont champions du monde.

Il se retourne brusquement vers moi et me plante son

regard dans les yeux.

- Mais qu'est-ce que vous voulez, nom de Dieu !

Ca m'a scié. Je lui ai collé mon poing en pleine figure et il s'est étalé raide sur la moquette.

*

Le ciel s'électrisait, chahuté par le vent qui se levait. L'après-midi avait pourtant été calme et il était rare que le mistral se manifeste en fin de journée. Il faut croire que plus rien ne marchait comme avant.

Je bataille ferme avec le bac à glace qui refuse de libérer ses cubes. Les deux petits leviers métalliques situés à chaque extrémité ne me sont d'aucune utilité. En désespoir de cause, je le cogne plusieurs fois sur le plan travail et je dois me jeter les bras écartés pour rattraper les glaçons qui s'échappent en cliquetant. « Objets inanimés avez-vous donc une âme ? ». La réponse est « oui » et elle n'est pas jolie-jolie. Il est fascinant de constater à quel point les objets censés vous faciliter la vie s'acharnent, en général, à vous la compliquer. Pourtant, je suis sûr qu'un type a dû plancher pendant des heures sur ces leviers à la con...

Ducon me regarde d'un air navré. Le plus agaçant, c'est que je suis sûr que lui doit savoir les faire marcher. Je lui souris confusément. Il est assis sur une chaise, les bras ballant, un peu avachi, la pommette droite complètement tuméfiée. Je n'aurais pas cru que la rencontre de quelques phalanges avec un os facial pût produire de violet aussi magnifique. Je regroupe les carrés de glace dans un torchon que je referme et lui applique la boule ainsi créée sur la joue. En m'approchant, je décèle quelques traces de rose tyrien sur le pourtour.

Il m'arrache littéralement le torchon des mains pour s'en occuper seul. Je lui réitère mes excuses en lui réexpliquant que je ne sais pas ce qui m'a pris, que c'est parti tout seul, une sorte de réflexe incontrôlé…Ca n'a pas l'air de le consoler. Il grimace en se tamponnant le visage avec la poche de glace, jurant entre ses dents. Ce type-là ne doit pas être du genre à vous accorder facilement un découvert.

Je fais le point sur la situation. Je n'ai pas l'impression de progresser des masses. La cuisine est encore plus aseptisée que le salon et l'éclairage blafard est déprimant. Quant aux chaises, elles sont tellement inconfortables que je commence à croire qu'il s'agit là d'une contrainte essentielle de l'esthétisme contemporain. Machin-Chose me fait la gueule. En toute honnêteté, il faut bien admettre que j'ai perdu des points et qu'il n'en faudrait pas beaucoup plus pour que je me retrouve à zéro.

Je tente un sourire niais. Il prend l'air dégoûté. Je laisse tomber. Je lui propose d'ouvrir un compte dans son agence, pour me faire pardonner, mais il hausse les épaules et reprend son air renfrogné. Je prends conscience que notre relation est au point mort.

- Ma femme ne rentrera pas.

Je me retourne vers lui, incrédule. Plait-il ? Est-ce que j'ai bien compris ?

- Je vous ai dit que ma femme ne rentrerait pas. Ca ne sert à rien de l'attendre.

Je sais parfaitement que ce type a envie de se débarrasser de moi, qu'il est prêt à inventer n'importe quoi pour arriver à ses fins – et, personnellement, je ne le blâme pas, à sa place je crois que j'en serais au même point – mais je suis persuadé qu'il dit la vérité. La coquine ne viendra pas.

- Je l'ai appelée au téléphone, tout à l'heure, quand je me suis absenté. Elle sait qui vous êtes et elle ne veut pas vous voir.

Je reste sans voix. Je ne sais pas quoi penser de tout ça. J'imagine aisément les raisons qui ont poussé Ducon à appeler sa femme pour qu'elle abrège son calvaire en rentrant dare-dare à la maison, mais je ne vois pas pourquoi elle refuse de me voir. Si elle craint que je ne révèle son petit manège du funérarium, ce n'est foutrement pas la meilleure façon de s'y prendre. En revanche, si elle est persuadée que j'y suis pour quelque chose dans la mort de mon père, elle a des raisons de me fuir.

J'ai regardé Machin-Chose dans les yeux. Il m'observait du coin de l'œil en se massant la joue, il a baissé les yeux. Je me suis levé sans le lâcher du regard. Il a tourné la tête vers moi. Je lui ai balancé une gifle magistrale qui l'a éjecté de son siège. Puis j'ai tourné les talons et j'ai quitté sans regret cet appartement à chier.

18

On ne sait jamais ce qui préside véritablement à nos destinées. Je dois reconnaître que je me suis maintes fois posé cette question en me retournant sur le chemin que j'avais parcouru tant bien que mal. Lorsqu'on essaye de démêler le sac de nœuds des choix qui ont fait basculer nos existences d'un côté plutôt que de l'autre, on se lance dans un boulot perdu d'avance. Il y a sans doute cent façons de plier son avenir, mais on se débrouille toujours pour tirer la mauvaise carte au mauvais moment. Et si quelque fois les choses paraissent claires avec le recul, il faut bien admettre que neuf fois sur dix, on a du mal à comprendre où ça a pu dérailler.

Quoiqu'il en soit, je ne sais pas pourquoi je ne suis pas rentré directement chez moi après ça. Est-ce la proximité géographique qui m'a poussé inexorablement dans cette direction ? Je n'y crois pas beaucoup, ça ne pèse pas bien lourd comme raison. Alors quoi ?

Je suis à peu près persuadé qu'on est son propre bourreau, qu'on ne peut pas renoncer à se flageller allègrement, c'est une affaire entendue. Et peut-être qu'à force de s'infliger des coups de fouet à longueur de temps, on devient insensible au point de rechercher des sensations plus fortes, des actes qui mettent vraiment la vie en danger.

Bref, je suis allé faire un tour du côté de la baraque de mon père, comme ça, sans doute pour voir si elle était toujours à sa place...

19

Je gare ma voiture sous les arbres, comme je l'avais fait quelques jours plutôt avec Sophie qui dormait à l'arrière. Je reste un moment absent derrière mon volant avant de me décider à couper le contact. Le coucher de soleil tombe en pluie fine à travers les branches, l'air doux est une tartine de miel crémeux. Un papillon zigzague devant mon pare-brise comme s'il venait de s'enfiler une bouteille de Vodka. Je me sens bien dans le jour qui agonise joyeusement.

Je finis par descendre et me diriger vers le cabanon. Je constate avec un peu de déception que mon stratagème du jet d'eau n'a pas effacé toutes les traces de pneu. Je ricane intérieurement de la certitude qui m'habitait à ce moment-là. Je cherche la clé sous le pot de fleur et j'ouvre la porte. Je ne sais pas bien pourquoi je veux entrer là-dedans. J'aperçois tout de suite les débris du Constellation qui me replongent quelques jours en arrière. Et puis d'un coup ça me saute aux yeux, je comprends parfaitement où je veux en venir.

Ni une ni deux, je file vers le bac d'acide et j'arrache littéralement le couvercle. Une odeur insupportable m'accroche la gorge. Je tousse et j'éructe un moment en détournant la tête, le couvercle tenu loin de moi, à bout de bras. Lorsque je reprends mon souffle, je tente un regard vers l'intérieur du récipient. Des petits bouts de chair putréfiés flottent à la surface tandis que plus profondément, j'entrevois nettement la blancheur de quelques sections d'os nettoyées par l'acide. Un haut de cœur me submerge et je dégueule dans le bac, sans pour autant renoncer à porter mon couvercle à bout de bras, comme un balancier qui m'équilibrerait. Je finis tout de même par le virer et file vers l'extérieur pour finir de vomir au pied d'un arbre, les mains appuyées sur les cuisses.

Je me retrouve plié en deux, avec un filet de bave qui me relie à une plaque de mousse qui pousse au pied du sapin, l'estomac comme un bloc de pierre. Non mais quel con, je me dis, qu'est-ce que t'espérais trouver là-dedans, Julia Roberts en tenue de soirée ?

Je fais quelques pas et me laisse tomber contre un tronc d'arbre. Je colle ma tête contre l'écorce, la gorge ouverte à la Nature au cas où, on n'est jamais à l'abri d'une bonne surprise. L'odeur de souffre me brûle encore les narines mais je ne résiste pas à l'impérieux besoin de faire rentrer de l'oxygène pur dans mon organisme. Franchement, je me trouve pitoyable. Je l'ai pourtant bien découpée en petits morceaux, cette fille, et maintenant je suis incapable de la regarder en face.

Un vague sentiment de nostalgie me déborde. Lorsque je me remémore la soirée et la journée que nous avons passées ensemble, j'envisage que j'ai peut-être un peu rapidement joué de la scie sauteuse. Et si j'avais su pardonner...

Bref, je m'interroge sur l'aspect définitif de la décision que j'ai prise à ce moment-là, son côté irréversible et, il faut bien le reconnaître, peut-être un peu emporté, quand trois bagnoles font irruption dans le chemin, sans que j'aie rien vu venir.

On en pensera ce qu'on voudra, mais je crois qu'on a tous, à un moment ou à un autre, cet éclair de prescience qui fige dans votre esprit l'inéluctable Vérité. Un instant de fulgurance où tout devient limpide, où les choses se montrent dans une indiscutable clarté et où l'on se sent frappé par l'Evidence. Un concentré de Réalité dans un flash neuronal.

Enfin, toujours est-il que je vois sortir mon Colombo de la première voiture sans en être le moins du monde étonné – c'est même l'inverse qui m'aurait surpris. Quelques uns de ses sbires lui emboîtent le pas prudemment, la main posée sur leur flingues au cas où. Lui est parfaitement décontracté, je me demande même s'il ne sourit pas un peu.

Tout en marchant, il jette un œil au cabanon puis s'arrête devant moi.

- Je crois qu'on a des choses à se dire, me dit-il.
- C'est pas impossible, je lui réponds.

TROISIEME PARTIE

1

Je n'ai véritablement pris conscience de la réalité de mes actes que bien plus tard. Il est toujours fascinant de constater avec quelle facilité on se laisse entraîner par le courant. Nous pensons être, la plupart du temps, les décideurs de nos destins, on jurerait qu'on a les cartes en mains et qu'il nous appartient de savoir laquelle abattre, mais il faut bien admettre qu'il n'en est rien, que la distribution est prédéterminée, que les jeux sont faits et le résultat couru d'avance. Avais-je d'autre choix que de flinguer Michaud à bout portant ? Pouvais-je laisser la vie sauve à Sophie compte tenu de ce qu'elle avait vu et de sa trahison ? Etait-il possible que l'abandon de paternité de mon père reste impuni ? Et enfin par quel miracle et sous quel prétexte devais-je échapper à la sanction ?

J'étais certain d'agir avec un total libre arbitre, mais je dois accepter l'illusion de ce sentiment. Une barque ballottée dans la tempête, voilà ce que j'étais.

Rien ne me prédéterminait fondamentalement à devenir un assassin confirmé, à moins de se rallier à l'adage selon lequel nous le sommes tous, au moins en puissance. Mais si une telle assertion est vraie, je m'étonne alors du peu de passage à l'acte. On m'opposera que la coercition des règles sociales maintient ce chiffre à un niveau marginal, soit ; mais je pressens qu'il existe une foule d'individus bien plus prédisposés que moi à les transgresser.

Si j'analyse rapidement les raisons de mon propre passage à l'acte, la genèse du déclic, je pourrais m'en tirer en invoquant le malencontreux concours de circonstances.

Imaginons seulement que je n'aie pas possédé de pistolet, et rien de tout ceci ne se serait produit. Mais si j'explore les faits avec plus d'acuité et de courage, je suis contraint d'admettre que la somme des humiliations, des manques, des espoirs déçus m'acculait inexorablement au meurtre de Michaud, et donc de Sophie, et donc de mon père. Bref, si je n'avais pas eu de revolver, j'en aurais trouvé un, ou je me serais servi d'un objet de substitution. Et mes longues parties de *Cluedo* auraient été, à ce moment-là, mises à profit.

Quoiqu'il en soit, et bien que je ne nourrisse aucune sympathie particulière à son endroit, je dois reconnaître que mes entretiens avec Messart m'ont considérablement aidé à y voir plus clair. La société cherche à tout prix à s'assurer des motivations et des rouages intellectuels du criminel, elle s'impose de critériser son acte, car le même traitement ne peut être réserver au déviant volontaire et à la pauvre créature plus ou moins benête. Si une telle position peut s'avérer généreuse, je suis néanmoins surpris par le ratio de répartition qui résulte de cette quête de justice. Car reconnaître la suprématie aux déviants, c'est implicitement admettre que les barrières sociales ne jouent pas pleinement leur rôle. Il serait, à mon avis, bien plus productif de cataloguer la plupart des assassins dans la catégorie des fous. Cela conforterait le contrat social qui ne serait plus alors bafoué que par des simples d'esprit et l'on se contenterait de parquer tous ces gens dangereux et irresponsables dans des lieux peu coûteux, où la camisole chimique remplacerait avantageusement les matons.

Mais, puisqu'il n'en est pas ainsi, il faut bien s'adapter.

On prétend souvent que la peur tue l'esprit, qu'elle est au mieux mauvaise conseillère. Pour ma part, elle fut salutaire. Car une chose était sûre, je n'irais pas en prison.

Je ne me souviens pas précisément à quel moment l'idée m'en est venue, mais je suis certain que l'intervention ponctuelle du fantôme de ma mère dans mes récits est le fondement du doute de Messart. J'imagine que ces apparitions que je lui lâchais avec le plus parfait détachement et un savant dosage ont entretenu son incertitude. Je crois aussi qu'indépendamment de la crainte viscérale de l'erreur, fatale à son amour-propre, Messart pensait tenir en ma personne un cas particulier qui lui aurait permis de se faire valoir auprès de ses pairs. Je n'ai finalement qu'un regret, je ne saurais jamais avec une totale certitude quel aurait été son diagnostic définitif. Je dois lui reconnaître une certaine compétence que confirme justement son hésitation. Il me semble que si j'avais dû prendre une décision à sa place, j'aurais classé mon cas dans la catégorie des fous furieux, sans ambiguïté. Bien qu'il ne l'ait jamais formulé explicitement, Messart se méfiait de l'arnaque. J'imagine qu'il avait dû voir *Peur primale*, ce magnifique film où Richard Gere, avocat brillant, se fait manipuler par un gamin de seize ans. Enfin, n'y pensons plus, tout ça c'est le passé…

Je fais quelques pas à l'extérieur, dans la cour, et m'assied sur un banc, au soleil. La colline reste verte en dépit de la sécheresse qui s'est installée depuis quelques jours. L'air sent la garrigue, le romarin, comme dans un bouquin de Pagnol. Je savoure les quelques jours qu'il me reste, car je sais qu'ils ne tarderont plus, maintenant. D'avoir pu profiter de tout ce temps tient déjà du miracle…

Je parcours des yeux les murs de la vieille bâtisse en pierre, j'observe les lézards se déplacer le long des joints, prêts à disparaître à la première alerte. La saccade de leurs mouvements évoque les films de Chaplin.

Je me sens fatigué. Je veux renoncer, contrairement à ces sauriens, à vivre constamment sur le qui-vive. Depuis mon arrestation jusqu'à ma récente évasion, je n'ai finalement pas eu le loisir de souffler. Après les interrogatoires de Colombo sont venus ceux de Messart, et s'il avait été assez facile de berner le flic, le médecin exigeait une concentration beaucoup plus soutenue pour éviter le faux pas. Ce n'est que lorsque j'ai compris que nous arrivions au bout du processus exploratoire que j'ai décidé d'agir. Je refusais de prendre le risque qu'il ne me démasque et m'envoie en prison. Cette probabilité m'est apparue comme non négligeable, à un moment donné. J'ai sans doute commis l'erreur d'avoir trop cherché à savoir comment Colombo m'avait pisté jusque chez mon père. J'ai su que la Directrice de la maison de retraite avait averti la police, suite au coup de téléphone de son mari l'informant que je l'attendais chez elle. Et que Colombo, arrivant sur les lieux au moment où je reprenais ma voiture avait décidé, probablement par instinct, de me suivre. Mais j'avais insisté auprès de Messart pour savoir si elle était bien l'auteur du montage vidéo, ce qu'il m'avait confirmé, non sans s'étonner de mon attachement à ce qu'il considérait comme un point de détail. Et en dépit de mes questionnements, je ne pus jamais comprendre quelles étaient ses intentions concernant cette cassette, puisqu'elle avait – de manière incompréhensible – toujours nié en être à l'origine ; sans doute cette fille cherchait-elle quelques sensations fortes dans ce jeu un peu pervers du chat et de la souris. Mais bref, j'ai senti que mon entêtement sur cette question était sur le point de me desservir.

Il était donc temps d'agir et d'essayer, pour une fois, de prendre véritablement mon destin en main...

2

Pour la seconde fois, je viens de terminer de raconter mon histoire à Messart. Je me sens épuisé. La peur n'est certainement pas étrangère à ce sentiment. Une sécrétion excessive d'adrénaline qui, lorsqu'elle ne s'accompagne pas de passage à l'acte, produit dans l'organisme un effet contraire à celui qu'elle est censée engendrer. C'est une hormone qui ne supporte pas le stockage.

- Bien, dit Messart. Vous vous interrogez toujours sur les raisons de la filature de l'inspecteur Bourgues, enfin... *Colombo* comme vous l'appelez ?

Il a souri en forçant l'intonation sur *Colombo*. Il se fout visiblement de moi. Néanmoins, sa question est troublante. Pourquoi vient-il me chercher des poux avec ça ?

- La ressemblance ne vous parait-elle pas frappante, docteur ?

- C'est sans importance.

Peut-être ai-je une tendance à m'inquiéter excessivement, mais je suis définitivement sur mes gardes lorsque Messart me balance ce type de réponse. « C'est sans importance » : voilà une phrase qui me semble ne pas avoir sa place dans la bouche d'un psy. Il m'est avis que cette sortie cache quelque chose. Je suis à peu près persuadé que Messart à une idée derrière la tête, qu'il la poursuit et qu'il évacue tout ce qui se trouve en travers de son chemin et le détourne de son objectif. Je ne vois pas bien quel bout de ficelle il tente d'attraper avec sa question, mais il cherche visiblement à défaire un nœud. Je préfère laisser tomber et m'en tenir à sa question.

- Il faut avouer que la coïncidence est troublante. Il se pointe pile au moment où je m'en vais et décide, pour je ne sais quelle raison, de me suivre plutôt que de m'interpeller.

Je m'arrête et je jauge l'effet de ma réponse. Incertain…

- Sans doute le flair du policier, répond Messart, le regard dans le vague.

Il est manifestement ailleurs. Je sens très précisément que la situation est en train de débloquer. Il s'est produit quelque chose dans le néo-cortex de mon psy qui ne me dit rien qui vaille. Je décide que c'est le bon moment pour passer à l'offensive.

Je me lève calmement. Messart ne semble pas en prendre immédiatement conscience. Je fais le tour du bureau, plongeant au passage ma main dans ma combinaison pour en extraire mon arme. Lorsqu'il réalise que les événements dérapent, il est trop tard, je suis déjà sur lui. Je plaque ma main gauche sur son front et contraint sa tête contre mon abdomen, tandis que j'abats la droite sur son cou, plantant franchement l'aiguille de la seringue dans sa carotide. Il émet un petit cri strident, presque ridicule : On l'imaginerait facilement provoqué par le frottement d'un pied de chaise sur le sol, ce qui explique sans doute que personne n'ait réagi derrière la porte.

Quoiqu'il en soit, Messart semble prendre conscience de la précarité de sa situation que le moindre faux pas – un hurlement inopiné, par exemple – pourrait précipiter dans des extrémités définitives. Je lui confirme le bien-fondé de son intuition.

- Docteur, je viens de planter dans votre cou une seringue remplie d'un sang dont je ne connais pas la provenance et, par conséquent, la composition. Pour votre information, cette seringue sort de la poubelle de votre infirmerie, dissimulée dans l'anus de l'un de vos patients, puis remplie par ce même patient par prélèvements multiples sur ses coreligionnaires. L'aiguille a été ensuite nettoyée à l'aide d'un coton usagé imbibé d'éther. Vous voudrez bien nous excuser pour ce manque de rigueur dans la recherche de la parfaite asepsie, mais nous travaillons avec les moyens du bord. Néanmoins, j'estime que ce minimum de précaution devrait vous mettre à l'abri d'une éventuelle contamination, du moins tant que je n'appuierai pas sur le piston de la seringue. Si j'étais contraint à cette action, il faudrait vous en remettre à la chance pour échapper à une possible infection. Vous avez de la chance, docteur ?

Il ne répond pas tout de suite. Je sais pertinemment qu'il ne réfléchit pas une seconde à la question que je viens de lui poser. D'une part parce qu'avec sa formation, on se doit d'accorder le minimum de crédit à la chance, d'autre part parce qu'il est en train d'élaborer des stratégies de sortie de crise. Là où l'individu lambda crèverait très légitimement de trouille, le psy contrôle sa peur et s'appuie sur son savoir pour gérer la situation et la retourner à son profit. Cette gymnastique de l'esprit qui consiste à analyser froidement les évènements et leurs enchaînements, à tenter de caractériser les motivations du ou des protagonistes est extrêmement préjudiciable à l'entretien d'un sentiment de peur qui seul permet à l'agresseur d'asseoir son emprise psychologique sur sa victime.

- Bien, écoutez Paul. Soyez raisonnable, vous n'avez aucune chance de sortir d'ici. Tout ça ne vous mènera à rien.

Minable. Le degré zéro de la stratégie. N'importe quel débile aurait pu sortir la même tirade. Cela dit, pour être tout à fait franc, il a accompagné cette décevante sortie d'une gestuelle symbolique assez adroite, en posant ses mains bien à plat sur le bureau, dans une synchronisation parfaite ; une manière de calmer le jeu, de ramener son interlocuteur sur un terrain moins passionnel.

J'avise le stylo de Messart qui traîne sur son cahier, m'en saisit et le lui plante violemment au milieu de la main gauche. Le hurlement qui s'ensuit me confirme qu'il est de retour du côté de la Peur, ce qui me convient davantage.

Les infirmiers font irruption dans le bureau, visiblement affolés. La main de Messart qui pisse le sang aimante d'abord leurs yeux, ils tentent de s'approcher, puis le profil de la seringue dans son cou se dessine en contre-jour et les stoppe dans leur élan. Je me trafique un sourire malin, au sens premier du terme, façon *Orange Mécanique*. La stupeur se lit dans leurs regards.

- Docteur, vous n'avez pas répondu à ma question. Avez-vous de la chance ?

- Je ne sais pas, je ne suis pas joueur.

- C'est mieux comme ça. Alors voilà comment je vois les choses…

3

Le soleil s'accroche au sommet de la colline et quelques rayons s'écrasent en taches mauves sur les pavés de la cour. L'ombre attaque un bord de mon banc, la fraîcheur se fait plus présente. J'observe le ciel dont l'intensité de bleu varie d'un coin à l'autre de mon horizon. Je sens confusément l'impérieuse nécessité de m'imprégner du spectacle de la Nature dont l'accès me sera prochainement interdit.

Gesticuler. Encore et encore gesticuler. C'est tout ce qu'il nous est possible d'espérer face à la force tranquille de la Nature. Le monde est immuable, dans sa puissance intrinsèque, et nous sautons à pieds joints comme des poux, en hurlant. Ah, ah, cette vaste blague !

Mon échappée était insensée. Non mais franchement, qu'est-ce que j'espérais !? J'avais une chance sur deux que Messart me déclare fou, il y avait un risque, certes, mais une chance aussi, par conséquent. Alors que maintenant, l'affaire est entendue. Ils vont nous retrouver, ce n'est qu'une question de temps.

Je réalise soudain que j'ai égoïstement entraîné Edmond dans cette démente cavale. Il ne demandait rien à personne, Edmond. Il s'était recréé son monde à lui, avec ses bouts de coton et ses insectes. Un type simple, gentil, qui aurait fini ses jours dans cet hôpital psychiatrique où, finalement, il n'était pas si mal malgré les brimades des infirmiers. Un type serviable, aussi, qui n'avait pas hésité à se mettre en danger pour sortir cette seringue de l'infirmerie, simplement parce qu'il m'aimait bien…J'ai cru lui rendre son amitié en l'embarquant avec moi.

J'avais envoyé un des infirmiers le chercher tandis que je maintenais Messart sous le joug de ma seringue. Puis il m'avait aidé à ligoter les deux types. Nous avions pu atteindre l'entrée principale sans peine. Sous la contrainte, Messart avait intimé l'ordre d'ouvrir le sas de sortie et nous avions récupéré sa voiture. Avant que les flics ne soient vraiment à nos trousses, nous avions déjà parcourut plusieurs dizaines de kilomètres. La maison où nous sommes aujourd'hui, depuis trois jours, c'est celle des parents d'Edmond, à cent kilomètres d'Avignon, en pleine Drôme Provençale. Les flics remonteront jusqu'ici, c'est certain.

Je me lève et fais quelques pas vers le champ de lavande qui dévale la pente. Je me demande où est ce bon Edmond. Il avait l'air si heureux de retrouver cette maison.

Je me dirige vers l'atelier, presque sûr de le trouver à l'œuvre. Je pousse la grosse porte en bois à la peinture écaillée et j'aperçois un halo de lumière, au fond, derrière les casiers à bouteilles. J'avance et sa silhouette se découpe en contre-jour. Il est affairé mais il semble deviner ma présence et se retourne. Il me sourit et s'écarte pour me laisser admirer son œuvre.

Je dois reconnaître qu'il est doué. Assis sur une chaise en paille, le menton appuyé sur le dos de la main, Messart à l'air étrangement vivant…

Epilogue

Finalement, j'avais surestimé la gente judiciaire qui mit plus de dix jours à retrouver notre trace. Sans doute les flics avaient-ils eux-mêmes sous-estimé Edmond et se sont-ils acharnés à chercher de mon côté plutôt que du sien. Quoiqu'il en soit, je savourais cet inespéré répit comme le condamné à mort sa dernière cigarette. Nous faisions nos courses dans les fermes du coin, évitant soigneusement de faire de longs déplacements et de nous rendre en ville. Le journal télévisé avait relaté notre évasion, nous qualifiant de « dangereux », mais nos photos n'avaient pas été diffusées.

Edmond fut affecté par une petite déprime lorsqu'il eut définitivement terminé la naturalisation de Messart. Je l'aidais à le sortir dans la cour, tous les matins, et à le rentrer tous les soirs, ce qui lui apportait un léger réconfort. Puis la découverte d'un lapin mort près du bois qui bordait la maison lui redonna de l'entrain.

Je conversais souvent avec lui, au moment des repas, essayant de saisir sa réelle compréhension de la situation. Je n'arrivais pas à savoir s'il avait vraiment conscience du caractère provisoire de notre nouvelle vie. Lorsque j'évoquais l'arrivée probable de la police, il se contentait de hausser les épaules et d'afficher une moue résignée. Pour ma part, cette échéance était une torture quotidienne.

Je pris l'habitude de parcourir les collines, tous les après-midi, et de m'enivrer de Nature. Je faisais des siestes, couché dans les herbes hautes, les narines saturées d'odeur de lavande. Le chant des oiseaux me berçait comme un gosse et sans cette aporie permanente qui me rongeait, j'aurais pu croire au retour du Paradis sur Terre.

Très vite, je découvris un ouvrage sur les variétés botaniques de la région et je déambulais dans la campagne

Drômoise à la recherche des spécimens décrits. J'envisageais un moment de me constituer un herbier puis renonçais compte tenu du peu de temps dont je pensais disposer. Mais j'attachais quelque importance à certaine variétés en particulier, comme les Aconit Napel, que je récoltais en quantité afin d'en effectuer une décoction de racines que je stockais pour plus tard.

Il me parut de plus en plus évident, au fur et à mesure des jours qui s'écoulaient, que ces instants étaient les plus heureux de ma vie. Cette prise de conscience me consterna. Fallait-il accumuler autant de malheur pour prétendre au bonheur ? Et surtout, le bonheur n'était-il accessible qu'au prix d'une nécessaire précarité ?

Je passai en revue tous les épisodes heureux de ma vie, ceux auxquels, du moins, j'avais donné de l'importance. Qu'avaient-ils été en face de l'évidence des ces derniers jours ? Toute mon existence ne trouvait-elle pas sa justification dans ces instants de pure félicité ?

Une autre constatation me troublait particulièrement, c'était l'absence de toute pulsion libidinale. Et je dois reconnaître, en toute franchise, qu'au-delà de l'aspect purement sexuel des choses, la Féminité elle-même ne me manquait pas. Si bien que lorsque je me remémorais le coup de foudre que j'avais connu avec Sophie, et nonobstant la trahison qui s'en était suivie, je ne comprenais plus très bien la mécanique qui m'avait acculé à des extrémités criminelles.

Je me sentais étonnamment libéré. Une rémission totale obtenue par communion avec la Nature. Je m'imaginais déjà expliquant ce miracle au tribunal chargé de me juger. Bien que me trouvant extrêmement convaincant, je devais me rendre à l'évidence : personne ne croirait l'auteur d'un triple meurtre et, en tout cas, ne prendrait le risque de le laisser en liberté. Et puis il y avait Messart à rajouter au tableau et il n'était pas gagné que les jurés soient amateurs de taxidermie humaine. Mais je n'avais pas eu le cœur de briser les élans artistiques d'Edmond et je ne savais pas quoi faire du psy, de toute façon.

Bref, c'était comme ça, il n'y avait pas d'issue, pas d'avenir pour un type comme moi. Juste le droit de profiter d'un court répit, la peur au ventre, en s'estimant déjà sacrément veinard.

Ce matin, j'ai décidé de prendre mon café sur la table en fer de la cour. Edmond dort encore. Le temps est splendide. Je communie avec la Nature depuis dix jours, ça crée des liens. Je sens tout de suite qu'il se passe quelque chose ; le bruit du vent dans les arbres, le babillage des oiseaux, le chant des criquets… Ils sont là, je le sais. Sans doute m'observent-ils à la jumelle. Ils cherchent à repérer Edmond. Selon toute vraisemblance, ils ne lanceront pas l'assaut avant de l'avoir localisé.

Je me lève et je parcours la colline des yeux, puis le champ de lavande. Je remplis mes poumons à bloc et j'entre dans la cuisine. J'en ressors avec ma bouteille pleine de la décoction de racines d'Aconit Napel. Le ciel est d'un bleu limpide et je cligne des yeux en levant la tête, le goulot collé à mes lèvres. Je sens le liquide amer glisser le long de ma gorge.

D'après mes calculs, la perte de connaissance interviendra dans six minutes, sept tout au plus. La mort, dans moins de dix. Je me suis calé dans ma chaise. J'ai une pensée affectueuse pour Edmond, qui ne se doute de rien.

Dans l'arbre d'en face, un écureuil a bondi sur une branche puis s'est immobilisé, en me fixant attentivement.

Je fais un sourire à ce salopard et je ferme les yeux…

www.ingramcontent.com/pod-product-compliance
Lightning Source LLC
Chambersburg PA
CBHW060923180626
46817CB00004B/1362